DIE FLUCHT VOR DEM EARL

DIE LIGA DER SCHURKEN
BUCH XVI

LAUREN SMITH

Übersetzt von
CORINNA VEXBORG

ISBN: 978-1-960374-07-3 (E-Book-Ausgabe)

ISBN: 978-1-960374-08-0 (Druckausgabe)

I

uszug aus der *Quizzing Glass Gazette*, 21. September 1821, in der Rubrik Lady Society:

DER LADY SOCIETY IST ZU OHREN GEKOMMEN, DASS EIN neuer Adliger in London eingetroffen ist. Meine Damen, hören Sie auf meine Worte. Er ist dreißig Jahre alt, unverheiratet, ohne Geliebte - zumindest nach dem, was diese kluge Zuhörerin herauslesen kann - und märchenhaft wohlhabend. Er ist auch ziemlich gutaussehend, mit Augen wie blasser Bernstein und Haaren so schwarz wie die Flügel eines Wanderfalken. Wie passend, da sein Name ...

Was vielleicht am meisten überrascht, ist die Tatsache, dass dieser Gentleman genau das ist: ein Gentleman. Es ist schon eine Weile her, dass ich einen Mann mit Charme und Anmut und

Selbstlosigkeit erlebt habe, der keinen einzigen bösen Knochen in seinem Körper hat. Vielleicht liegt es daran, dass er nie erwartet hat, ein Graf zu werden? Wenn Sie auf der Suche nach einem Ehemann sind, sollten Sie diesen Mann aufsuchen, bevor es eine andere kluge junge Frau tut.

»Es muss einfach etwas wegen dieses Mädchens *unternommen* werden.«

Das gedämpfte, hasserfüllte Flüstern hallte die Treppe hinauf, wo Sabrina Talleyrand saß. Sie zog die Knie bis zum Kinn und lauschte angestrengt auf die Antwort der anderen Person unter ihr.

»Ja, ja, Prudence, ich weiß. Aber als sie volljährig wurde, konnten wir es uns nicht leisten, sie für eine Saison nach London zu schicken, und jetzt ist sie zweiundzwanzig. Es ist zu spät für sie, um für eine anständige Partie in Frage zu kommen.« Ihr Bruder Jereym stieß einen gequälten Seufzer aus.

Prudence, Jereyms Frau und Sabrinas Schwägerin, schimpfte. »Sie ist kostspielig. Wir kommen schon jetzt kaum über die Runden. Wir können es uns nicht mehr leisten, sie zu behalten. Du musst einen Weg finden, sie zu verheiraten, am besten mit jemandem, der viel Geld hat und unsere Schulden begleichen kann.«

»Nun, ich habe diesbezüglich gute Neuigkeiten«, sagte Jereym. »Ich habe heute einen Mann in meinem

Club getroffen. Er sagte, er wäre daran interessiert, sie heute Nachmittag zu treffen, aber er ist ein sehr wählerischer Mann. Sie ist vielleicht nicht ganz das, was er sich vorstellt.«

»Unsinn. Sie ist hübsch genug - zumindest, um einen Mann lange genug an sich zu fesseln, dass er ihr ein Kind macht.«

Prudence' kalter Tonfall traf Sabrina tief. Wie konnten sie so achtlos, so gefühllos über ihre Zukunft sprechen? Sie schniefte, als ihr die Tränen über die Wangen liefen.

»Wann wird dieser Herr hier sein, Jereym?«

»Irgendwann heute Nachmittag. Halte den Tee bereit, und sag meiner Schwester, sie soll sich hübsch machen.«

Sabrina stand auf, als sie hörte, wie das leise Flüstern lauter wurde, als Jereym und Prudence sich auf die Treppe zubewegten. Es dauerte einen Moment, bis sie ihre Emotionen im Griff hatte und den Kloß in ihrem Hals hinunterschluckte. Sie musste sich etwas Zeit verschaffen, um herauszufinden, was sie tun sollte. Sie wischte sich die Augen und eilte zurück in ihr Zimmer. Sie versuchte, sich an ihrem kleinen Schreibtisch zu beschäftigen, als Prudence an ihre Tür klopfte. Das Letzte, was sie gebrauchen könnte, war, dass Prudence herausfand, dass sie zu einer geschickten Lauscherin geworden war.

»Sabrina, meine Liebe?« Ihr Tonfall war kränklich süß.

»Ja, Prudence? Komm doch herein.«

Ihre Schwägerin war eine große Frau mit einer schlanken Figur und porzellanblauen Augen. Sie wäre hübsch gewesen, wenn sie mehr gelächelt und weniger die Stirn gerunzelt hätte, aber seit Jereym sie geheiratet hatte, hatte Sabrina Prudence selten in guter Stimmung gesehen.

»Oh, Sabrina, guten Morgen.« Die kleine Haube, die Prudence trug, ließ sie viel älter aussehen als ihre fünfundzwanzig Jahre. Sabrina schwor sich, dass sie niemals eine solche Haube tragen würde, selbst wenn sie neunzig Jahre alt werden würde.

»Guten Morgen.« Sabrina wartete und betete, dass ihre Augen nicht immer noch rot waren.

»Dein Bruder hat in London jemanden getroffen, der dich unbedingt kennenlernen möchte. Ich habe gehört, dass er ziemlich gut aussieht und auch ziemlich wohlhabend ist. Er kommt uns heute besuchen.« Prudence zupfte ein wenig unsichtbaren Staub aus dem aufgebauschten Ärmel ihres rosa-weiß gestreiften Kleides. »Ich glaube, du solltest dein bestes Kleid tragen, das orangefarbene.«

Das war nicht Sabrinas bestes Kleid, aber Prudences schlechter Sinn für Mode war in diesem Fall eine gute Sache, denn Sabrina hatte keine Lust, für diesen Mann gut auszusehen. Wenn Jereym ihn in seinem Club kennengelernt hatte, sprach das nicht gerade für ihn. Sabrina liebte ihren Bruder, aber sie mochte ihn nicht besonders.

Nach dem Tod ihrer Eltern war Jereym ihr Vormund geworden, aber Jereym konnte sich kaum um sich selbst kümmern, geschweige denn um sie. Wenn es möglich gewesen wäre, hätte Sabrina dieses Haus verlassen und wäre in die Welt hinausgezogen, um für sich selbst zu sorgen, aber sie besaß so wenige nützliche Fähigkeiten. Ihre mangelhaften Nähkenntnisse ließen den Traum von einer Stelle als Hutmacherin oder Näherin nicht zu. Und sie durfte gar nicht an die Berufe denken, die sie *ausüben konnte*, vor allem nicht an solche, die erniedrigend waren.

»Danke, Prudence. Ich ziehe mich um und komme runter, um zu warten.«

»Gut, gut.« Prudence verließ sie mit einem selbstgefälligen Lächeln auf den Lippen, als sie das kleine Schlafgemach verließ.

Sabrina ging zu ihrem Kleiderschrank und strich mit ihren Händen über das Holz, von dem der Lack abblätterte. Es war eines der letzten Möbelstücke, die ihr Bruder nicht verkauft hatte, um seine Schulden zu begleichen. Das Wohnzimmer sah ganz passabel aus, das Schlafzimmer von Jereym natürlich auch, aber der Rest des Häuschens war in einem schlechten Zustand. Das meiste anständige Silber und die Möbel waren schon vor Jahren verkauft worden.

Die Paneele des Schrankes waren mit Wildblumen verziert, die ihre Mutter gemalt hatte, als Sabrina noch ein Kind gewesen war. Sie fuhr mit den Fingerspitzen über die Schneeglöckchen, Hundsrosen, Kornblumen und Glockenblumen. Ihre Mutter war ein Jahr nach dem Tod ihres Vaters auf einem Jagdausflug erkrankt. Jereym war damals ein junger Mann gewesen, kaum zwanzig, und sie nur ein Mädchen, und das hatte alles verändert. Er hatte Prudence geheiratet und gehofft, dass das bisschen Reichtum seiner neuen Frau sie ernähren würde, aber Jereyms Liebe zu feinen Anzügen und Spieltischen hatte dazu geführt, dass es den dreien schlechter ging, als sie es sich erhofft hatten. Anstatt ihre Frustration über ihre Situation an Jereym auszulassen, wandte sich Prudence stattdessen an Sabrina.

Sabrina nahm das orangefarbene Kleid aus dem Schrank und zuckte angesichts seiner grellen Farbe zusammen. Es war eines, das Prudence aus ihrem eigenen Schrank aussortiert hatte. Der Stil war ein wenig veraltet, und der Saum musste geflickt werden. Sabrina hatte es bereits viermal geflickt, aber ihre mangelhaften Nähkünste führten dazu, dass das Kleid immer wieder repariert werden musste.

»Miss?« Ihr einziges Hausmädchen, Louisa, betrat

das Zimmer. »Der Herr sagte, Sie könnten Hilfe brauchen?«

»Oh ja, danke.« Sabrina war froh, Hilfe zu haben, als sie aus ihrem blassblauen Musselin-Kleid in das orangefarbene Seidenkleid wechselte. Sie kämmte ihr Haar mit Louisas Hilfe, bis es hoch aufgetürmt und festgesteckt war. Ihr dunkles Haar und ihre braunen Augen passten zwar gut zu dem Kleid, aber das brachte Sabrina tatsächlich zum Stirnrunzeln. Sie wollte für denjenigen, den Jereym zu ihr bringen würde, nicht ansprechend aussehen.

»Danke, Louisa.« Sie entließ das Dienstmädchen, das noch eine Menge Arbeit zu erledigen hatte. Das war eine weitere Sache, über die Sabrina nicht erfreut war. Sie waren gezwungen gewesen, bis auf eine Handvoll alle ihre Bediensteten zu entlassen. Ihr Ärger darüber lag nicht daran, dass sie es mochte, von vorne bis hinten bedient zu werden, sondern daran, dass die meisten Mitarbeiter Freunde gewesen waren und es wehgetan hatte, sie gehen zu sehen, um anderswo Arbeit zu finden. Und für die Zurückgebliebenen verdoppelten sich die Pflichten. Louisa war als Dienstmädchen und Haushälterin im Obergeschoss geblieben, und ein Lakai war geblieben, der auch die Aufgaben des Butlers übernahm. Sie behielten auch ihre Köchin und einen Gärtner.

Als Sabrina den Mut aufbrachte, nach unten zu gehen, war ihr speiübel. Die nächsten Stunden wurden zu einer schmerzhaften Lektion in Geduld und Ausdauer, während sie im Salon saß und versuchte zu lesen.

Das war alles so ein Unsinn. Sie saß da und wartete auf einen Mann, der ihr Leben verändern sollte, wahrscheinlich nicht zum Besseren. Sie hatte tausend andere Dinge, die sie in diesem Moment hätte tun können. Sie war noch nie gern untätig gewesen, es sei denn, sie las, was sie in letzter Zeit ziemlich oft getan hatte. Bevor sie den Großteil ihres Geldes verloren hatten, hatte sie Brot gebacken und andere Lebensmittel in Körben für die älteren Nachbarn und die ärmeren Bauern in der Umgebung vorbereitet.

Sie hatte sogar dem örtlichen Schulmeister geholfen, einige der kleinen Mädchen im Dorf zu unterrichten, deren Eltern es sich nicht leisten konnten, sie zur Schule zu schicken. Mr. Wilson war so freundlich gewesen, ihr einen separaten Raum zur Verfügung zu stellen, damit sie die Mädchen unterrichten konnte, und sie tat dies, ohne eine Bezahlung zu erwarten. Sie glaubte an die Bildung von Jungen und Mädchen, und wenn sie ihre Hilfe anbieten konnte, unterrichtete sie unentgeltlich.

»Herr, Sie haben einen Besucher«, verkündete der Diener.

Jereym stand auf, die Aufregung stand ihm in den Augen, als er dem Diener sagte, er solle den Besucher hereinführen. Einen Moment später betrat ein hochgewachsener Mann den Salon. Er war blond, schlank und für einen Mann eher zierlich, aber auf eine Art und Weise, die ihn für manche Damen recht attraktiv machte.

Ihr Bruder blähte sich vor Stolz auf, als er dem Mann die Hand schüttelte. »Simon, willkommen. Bitte lassen Sie mich Ihnen meine Frau Prudence und meine Schwester Sabrina vorstellen. Prudence, Sabrina, das ist Simon Booker.«

»Willkommen, Mr. Booker«, schnurrte Prudence. »Kommen Sie doch bitte herein. Wir wollten gerade einen Tee trinken.« Sie griff nach der silbernen Glocke neben ihrem Stuhl und läutete sie ein wenig übereifrig. Unter anderen Umständen hätte Sabrina gelacht, aber nicht in diesem Moment.

»Danke für den herzlichen Empfang.« Er setzte sich neben Sabrina auf das Sofa, und sie versuchte, sich von ihm zu entfernen. Ihr Bruder warf ihr einen bösen Blick zu.

»Miss Talleyrand, Ihr Bruder sprach in den höchsten Tönen von Ihnen, aber er versäumte es, mir von Ihrer Schönheit zu erzählen.« Mr. Booker sprach mit einem Eifer, der ihr Unbehagen bereitete. Sein Blick war beunruhigend, so als würde er ein Pferd begutachten, das er unbedingt kaufen wollte. Es war ein besitzergreifender Blick, der ihr den Magen umdrehte.

»Oh, danke.« Sabrina fühlte sich äußerst unwohl,

wollte aber trotzdem nicht unhöflich zu diesem Mann sein. Sie war nicht die Art von Frau, die ungnädig sein würde, selbst wenn sie etwas Abscheuliches erblickte.

»Ich weiß, dass es eine Dame sehr erfreut, wenn ihr Aussehen so gelobt wird«, sagte Mr. Booker mit einem stolzen Lächeln.

Sabrina ballte ihre Fäuste in den Rock und zerriss dabei fast den fadenscheinigen Satin. Er gab zu, ihr Komplimente zu machen, nur um sie in eine gute Stimmung zu versetzen?

»Also, Simon, wie lange wirst du in diesem Teil des Landes bleiben?«, fragte ihr Bruder.

»Ein paar Tage, dann muss ich nach London zurückkehren.« Aber sein Blick glitt bedeutungsvoll zu Sabrina, und sie konnte sich vorstellen, wie ihr Bruder und dieser Mann in seinem Club in London genau dieses Zusammenspiel geplant hatten.

»Oh, Himmel, mir ist gerade eingefallen, dass ich unserer Köchin noch etwas sehr Wichtiges über das heutige Abendessen sagen muss.« Sabrina sprang auf, wodurch ihr Bruder und Mr. Booker gezwungen waren, ebenfalls aufzustehen.

»Ich bin sicher, was auch immer es ist, es ist *überhaupt nicht* wichtig«, sagte Jereym entschieden.

»Oh doch, das ist es. Ich werde in Kürze zurückkehren. Bitte entschuldigen Sie mich.« Sie duckte sich in den Korridor und hielt den Atem an, als sie plötzlich in

Panik geriet bei dem Gedanken, das Haus zu verlassen. Einen Moment lang hatte sie gedacht, ihr Bruder würde versuchen, sie aufzuhalten, aber er hatte es nicht getan.

Sabrina eilte aus dem Haus und in den Garten hinter dem Haus, so schnell sie konnte, ohne tatsächlich zu rennen. Sie wollte auf keinen Fall dasitzen und *mehr* davon ertragen. Ja, das war das richtige Wort für die Folter, die dieser Besuch bedeutet hätte. Sie hatte erst die Hälfte des Gartens hinter sich gebracht, als sie hörte, wie jemand hinter ihr herlief. Sie drehte sich um und sah, dass es Mr. Booker selbst war.

»Verflucht«, murmelte sie, als sie langsamer wurde, damit er sie einholen konnte.

»Miss Talleyrand, ich hoffe, Sie haben nichts dagegen, dass ich mich zu Ihnen geselle. Das gibt uns die Möglichkeit, uns besser kennenzulernen, wenn wir ...« Er hörte plötzlich auf zu sprechen.

Sie hörte ganz auf zu gehen. »Wenn wir was tun sollten, Sir?«, fragte sie ruhig.

»Nun, Sie wissen sicher, warum ich hier bin. Ich brauche eine Frau, und Ihr Bruder hat mir versichert, dass Sie in Anbetracht Ihrer finanziellen Lage dazu bereit wären.«

Sabrina schloss die Augen und kniff sich in den Nasenrücken. »Mr. Booker, es mag sein, dass wir Schwierigkeiten haben, aber ich bin nicht bereit, Sie zu heiraten - oder offen gesagt, irgendjemanden. Bitte verstehen Sie, dass dies keine Beleidigung sein soll. Ich möchte einfach nicht heiraten.«

Eigentlich wäre sie gerne verheiratet gewesen, aber mit einem Mann, der sie so verehrte, wie sie war, und für den sie dasselbe empfand.

»Oh, ich verstehe. Aber ich brauche einen Erben, um meine Linie fortzusetzen, und Sie werden es nicht bereuen, mir einen zu geben.«

Ein Erbe? War es ihm ernst? Sicherlich nicht.

Sie versuchte, ihr Temperament im Zaum zu halten. »Sir, ich bin keine Zuchtstute.« Sie war keine Frau, die dazu neigte, zu schreien oder sich offen aufzuregen, aber dieser Mann schien genau zu wissen, was er sagen musste, um sie zu provozieren.

Sein Gesicht rötete sich. »Ich bin anderer Meinung. Das Wichtigste, was eine Dame bieten kann, sind ihre Fähigkeiten zur Vermehrung.«

»Ich bin keine Kreatur für die Fortpflanzung, Sir. Mehr gibt es dazu nicht zu sagen.« Sie sagte dies mit einer solchen Endgültigkeit, dass sie hoffte, die Angelegenheit wirklich beendet zu haben.

Stattdessen verschwand der letzte Funke Höflichkeit aus Mr. Booker. »Sie werden meine Frau sein. Sie werden mir einen Erben gebären, oder ich werde die Schulden Ihres Bruders einfordern. Er schuldet mir eine ganze Menge Geld, wissen Sie.«

Einen Moment lang starrte sie ihn nur fassungslos

an. Wollte er sie erpressen?

»Ich verstehe, in der Tat, und er ist es, der Ihnen etwas schuldet, nicht ich.«

Mr. Booker hielt sie am Arm fest, als sie versuchte, wegzugehen. »*Sie* sind die Art der Bezahlung, die ich erwarte«, warnte er. »Ich habe versucht, höflich zu sein, aber Sie beweisen mir hier gerade, dass Sie mein bestes Benehmen nicht verdienen.« Er riss sie an sich und presste seinen Mund auf ihren.

Sabrina erstarrte einen Herzschlag lang, dann stieß sie ihn zurück und schwang die geballte Faust. Sie schlug ihm so fest auf den Kiefer, dass er von ihr abließ.

»Oh, du kleine ...«

Sabrina rannte davon, bevor sie hören konnte, was er noch sagte. Sie sprintete in den Wald hinter der Hütte. Er folgte ihr nicht, aber sie wagte es trotzdem nicht, stehen zu bleiben.

Als sie schließlich zu rennen aufhörte, brannten ihre Lungen, ihre Augen waren trüb vor Tränen und ihr Haar floss in wilden Wellen herab. Sie ließ sich gegen einen Baum fallen und sank zitternd zu Boden. War sie wirklich gerade von diesem Mann belästigt worden?

Sabrina wartete mindestens eine Stunde, bevor sie den Weg nach Hause antrat, und sie bereute es zutiefst, als sie es tat. Ihr Bruder wartete auf sie.

»Wo, zum Teufel, hast du gesteckt?«, schnappte er. »Mr. Booker hat mehr als eine Stunde auf dich gewartet, und als du nicht zurückkamst, ist er wütend von hier weggegangen.«

»Das sollte er auch. Dieser Mann - er ist kein *Gentleman* - hat mich belästigt, Jereym. *Gegen* meine Wünsche.«

Ihr Bruder sah einen Moment lang unsicher aus, bevor sich sein Blick verhärtete. Er war einmal ein so gut aussehender Mann gewesen, aber das Leben am Rande der Gesellschaft hatte ihn in den letzten Jahren altern lassen.

»Du hast keine Ahnung, in welche Lage du mich damit gebracht hast. Meine Wünsche sind hier ausschlaggebend, und sie sind zu befolgen. Ich schulde diesem Mann eine ziemlich große Summe Geld. Jetzt, wo er dich gesehen hat, hat er sich entschieden, dass er dich haben will. Wenn ich dich ihm gebe, begleiche ich meine Schulden vollständig.«

Sabrinas Mund wurde trocken, als sie ihren Bruder entsetzt anstarrte. »Nein, nein, Jereym! Du kannst mich nicht zwingen, ihn zu heiraten.«

»Das kann ich auf jeden Fall. Du hast keine Wahl. Ein Arzt wird morgen früh hier sein, um den Zustand deiner Jungfräulichkeit zu untersuchen, wie Mr. Booker es verlangt hat.«

»Meine Jungfräulichkeit ...« Sabrina war sprachlos. Der Mann wollte, dass sie eine Jungfrau war?

»Ja. Er besteht darauf, dass er nur eine Jungfrau

heiraten wird. Ich habe ihm versichert, dass du noch unberührt bist, aber er hat darauf bestanden, dass ein Arzt dies bestätigt. Morgen früh wirst du also zur Kontrolle erscheinen.«

»Vater hätte mir das nie angetan«, sagte Sabrina leise. »Niemals.« Sie war hin- und hergerissen zwischen Wut und Verzweiflung darüber, dass ihr eigener Bruder sie auf diese Weise *verkaufen* wollte.

»Vater ist tot.« Die Worte waren härter als jede Ohrfeige, die Jereym ihr jemals hätte geben können.

»Wie konntest du nur?« Sabrina hasste die frischen Tränen, die ihr in die Augen stachen. Nach fünf Jahren hatte sie geglaubt, sie hätte sich daran gewöhnt. Aber das hatte sie nicht, nicht wirklich.

Ein Schatten des Zweifels zog über Jereyms Gesicht, der aber schnell wieder verschwand. »Geh auf dein Zimmer. Ich möchte dich nicht beim Essen sehen.«

Sabrina eilte die Treppe hinauf in ihr Zimmer und schlug die Tür so fest zu, dass sie im Rahmen klapperte. Dann warf sie sich auf ihr Bett und vergrub ihr Gesicht in den Decken. Lange Zeit später, als sie erschöpft dalag, hörte sie Stimmen von unten. Die dünnen Wände des Hauses waren ihre Verbündeten, so schien es. Sie hatten sie immer vor Gefahren gewarnt. Jereym und Prudence waren irgendwo ein Stockwerk tiefer und unterhielten sich.

»Ich dachte, wir wollten heute Abend auf den Ball bei Lady Germain gehen«, jammerte Prudence.

»Nicht heute Abend. Ich habe schlechte Laune«, knurrte Jereym.

»Aber mein Liebling, es ist ein Maskenball. Du weißt, wie sehr ich das genieße ...«

Das Gespräch versiegte, als Jereym und Prudence außer Hörweite gerieten. Aber das spielte keine Rolle. Sabrina hatte einen Ausweg gefunden. Zuerst hatte sie daran gedacht, einfach wegzulaufen, aber jetzt hatte sie eine Möglichkeit, dafür zu sorgen, dass sie morgen früh keine *kostbare* Jungfräulichkeit mehr hätte und Mr. Booker sie für immer in Ruhe lassen würde.

Sie glitt aus dem Bett und öffnete noch einmal ihren Kleiderschrank. Sie besaß ein Kleid, das eines Maskenballs würdig war, nämlich das Hofkleid ihrer Mutter. Es war aus silberner Seide und Perlen und hatte ein mit Silberfäden besticktes Mieder. Sie zog an der Klingelschnur, um Louisa zu rufen. Als das Dienstmädchen eintraf, nahm sie die Hände des Mädchens in ihre eigenen.

»Louisa, ich brauche deine Hilfe. Ich muss heute Abend für ein paar Stunden weg. Wenn mein Bruder oder Prudence nach mir fragen, kannst du ihnen dann sagen, dass ich krank bin?«

»Ja«, sagte Louisa.

Sie umarmte das Dienstmädchen. »Danke.«

»Lassen Sie mich Ihnen beim Umziehen helfen, Miss.« Louisa half Sabrina beim Anziehen des silbernen Satinkleides. Sabrina hatte das Glück, eine Maske zu besitzen, die auch ihrer Mutter gehört hatte. Es war ein glitzerndes Ding aus Gold und Silber, das mit herrlichen Verzierungen bemalt war. Die Maske bedeckte auch den größten Teil ihres Gesichts, mit Ausnahme von Mund und Kinn. Eine perfekte Verkleidung.

Als sie bereit war zu gehen, hielt Louisa im Korridor Wache, damit Sabrina zur Eingangstür des Hauses flüchten und das Haus verlassen konnte. Es würde ein langer Spaziergang zum Anwesen der Germains werden, aber wenn sie früh genug aufbrach, sollte sie das prächtige Herrenhaus gerade noch rechtzeitig erreichen, bevor der Ball begann.

Peregrine Ashby war unglaublich dankbar für den Schutz seiner Maske, als er die Menschenmenge im Ballsaal von Lady Germains großem Herrenhaus beobachtete. Die Maske erlaubte es ihm, sich mit mehr Anonymität durch die gut gekleideten Menschen zu bewegen, als er es in den letzten paar Wochen getan hatte.

Als neuer Earl of Rutland war er von einem eher unbedeutenden Gentleman zu einem Mann aufgestiegen, der seiner Meinung nach viel zu populär war. Das meiste davon hatte mit der Kolumne der Lady Society zu tun, die in der *Quizzing Glass Gazette* veröffentlicht wurde. Sie hatte den unverheirateten Damen Londons viel zu viel von ihm erzählt, obwohl sie versuchte, ihn nicht direkt zu nennen.

Nach dem Tod seines Großonkels Frederick war die Grafschaft auf ihn übergegangen. Das war völlig unerwartet. Vor ihm hatten mindestens drei andere Gentlemen in der Erbreihenfolge gestanden, die jedoch alle im letzten Jahr gestorben waren. Alle drei waren zusammen auf einem kleinen Kutter gewesen, der vor der Küste Ägyptens gesunken war, und alle hatten dabei das Leben verloren.

Jetzt, mit dreißig Jahren, hatte Peregrine viele Möglichkeiten. Er war aus seiner beengten Junggesellenwohnung in einem rauen Teil Londons in das Stadthaus seines Großonkels am Grosvenor Square gezogen. Er hatte auch das Familienanwesen Ashbridge Heath in den Cotswolds geerbt, und obwohl er es noch nicht besucht hatte, korrespondierte er mit dem Butler und der Haushälterin dort. Er hoffte, es in ein paar Wochen zu besuchen, aber bis dahin genoss er seinen Aufenthalt hier so gut er konnte.

»Ashby? Sind Sie das?«, begrüßte ihn eine vertraute Stimme. Er sah einen hochgewachsenen, blonden Mann mit der dunkelblauen Maske vor der Augenpartie durch die Menge auf ihn zukam. Trotz der Maske erkannte Peregrine seinen Freund. Diese hellblauen Augen waren unverkennbar, zusammen mit dem verruchten Grinsen, das Ärger versprach.

»Lennox, nicht so laut«, sagte Peregrine, als Rafe

Lennox sich im hinteren Teil des überfüllten Ballsaals zu ihm gesellte.

»Was? Hast du Angst, dass dich jemand erkennt?«, fragte Rafe.

»Ja, genau«, brummte Peregrine. In den letzten drei Wochen schien es ihm noch gelungen zu sein, jeder jungen Frau und jeder intriganten Mutter in London und den umliegenden Stadtbezirken aus dem Weg zu gehen. Das war nicht einfach, aber er war entschlossen, die Ehe zu vermeiden, zumindest vorläufig. Er hatte es nicht eilig, in diese Falle zu tappen. Er hatte gerade erst ein neues Leben begonnen, und wenn man ihm eine Frau aufbürdete, befürchtete er, dass er gezwungen sein würde, zu Hause zu bleiben, oder sich zumindest dazu verpflichtet fühlen müsste, zu Hause zu bleiben. Auch der englischen Gesellschaft gegenüber war er vorerst misstrauisch. Er hatte viele Jahre lang am unteren Rand der Gesellschaft gestanden und war schlecht behandelt worden. Jetzt war er in seiner neuen Position überfordert, und er musste sich die Zeit nehmen, die Guten von den Schlechten in den oberen Rängen des *ton* zu unterscheiden.

Wenn er schließlich doch heiraten musste, wollte er eine Frau heiraten, die er tolerieren konnte. Bis dahin wollte er nur seine Freiheit, und die Ehe war das Gegenteil davon. Zumindest war es das für seine Eltern gewesen. Keiner von ihnen hatte den anderen ausstehen können, und sie hatten die meiste Zeit ihres Lebens so weit wie möglich voneinander entfernt gelebt, selbst wenn sie unter demselben Dach wohnten. Und wenn man dann noch bedachte, wie wenig Geld sein Vater gehabt hatte, um sie zu unterstützen, war dies die meiste Zeit der Fall gewesen.

Nach dem Tod seiner Mutter war es einfacher geworden, denn das Temperament seines Vaters hatte sich ein wenig beruhigt. Doch er selbst war kurz darauf gestorben und hatte Peregrine ganz allein zurückgelassen.

Rafe legte jovial einen Arm um Peregrines Schulter und rief den Leuten in der Nähe etwas zu. »Wir haben Lord Rutland hier.« Er zeigte auf eine Schar von Mädchen. »Ihr da drüben, stellt euch alle auf und seid bereit, mit ihm zu tanzen.«

Peregrine rammte Rafe einen Ellbogen in den Magen, und das nicht zu leicht.

Rafe krümmte sich zusammen, sein Atem ging stoßweise. »Verdammte Scheiße, Mann. Das war nur ein Scherz.«

»Ja, nun, jetzt hast du mich verraten, und diese Damen sehen aus, als ob sie mich jagen und meinen Kopf auf ihren Kaminsims stellen wollen.«

Die jungen Frauen, die Rafe so rücksichtslos angeschrien hatte, saßen nun zusammengekauert, mit flatternden Fächern und gesenkten Köpfen, während sie sich gegenseitig etwas zuflüsterten. Gelegentlich warf ein Mädchen einen Blick über die Schulter zu Peregrine.

»Mein Gott, die sehen aber ganz schön ernst aus, oder?« Rafe strich seine Weste glatt, während er die Damen nun seinerseits mit einer nicht geringen Portion Beklommenheit musterte.

»Ich denke, wenn man bedenkt, wie du dein bezauberndes kleines Mündel erziehst, solltest eher *du* derjenige sein, der heiratet, Lennox.«

»Was? Der Teufel soll dich holen, Mann. Die Ehe ist nichts für mich. Die Welt ist voll von Frauen, die einen richtigen Kuss brauchen, und es ist meine feierliche Pflicht, mich ihnen zur Verfügung zu stellen. Außerdem«, kicherte Rafe, »wäre Isla nie damit zufrieden, ihren neuen Papa mit irgendeiner Frau zu teilen.«

Es erstaunte Peregrine immer wieder, dass Rafe, der für seine Unbekümmertheit bekannt war, von einem Besuch in Schottland mit einem kleinen Kind im Schlepptau zurückgekehrt war. Noch überraschender war die Tatsache, dass sie nicht blutsverwandt mit ihm war, er sie aber trotzdem als seine Tochter aufgenommen hatte. Die Vaterschaft hatte viele positive Veränderungen in dem berüchtigten Schurken bewirkt, aber er würde immer ein mutiger und unverantwortlicher Unruhestifter sowie ein verdammt loyaler Freund bleiben.

»Nun, da du diesen Schlamassel verursacht hast,

glaube ich, dass du die ehrenhafte Sache tun und dich für mich ins Schwert stürzen solltest.« Peregrine stieß Rafe in die Menge der jungen Damen, die ihren kleinen Kriegsrat aufgelöst hatten und auf ihn zusteuerten.

Rafe schwankte komisch, als er durch die Gruppe der Ehemann-Jägerinnen stolperte, und gab Peregrine einen Moment Zeit, sich außer Sichtweite zu ducken. Er nutzte die hohen Marmorsäulen im Ballsaal, um sich zu verstecken, und entfernte sich so weit, dass die Meute ihn nicht so leicht finden konnte. Er erreichte das Orchester im hinteren Teil des Ballsaals in der Nähe der Türen, wo ein Diener die neu eintreffenden Gäste ankündigte.

Diese glitzernde Welt der Seide und des goldfarbenen Lachens war noch so neu für ihn. Er war nicht mit dem Luxus aufgewachsen, den man von einem Grafen erwartete. Sein Großonkel hatte auf einen anderen Erben gehofft, einen seiner Söhne oder deren Kinder, aber keiner hatte überlebt. Es gab nur noch ihn, den Sohn eines jüngeren Sohnes in ihrem Adelsgeschlecht. Peregrine war seinem Großonkel Frederick nicht ein einziges Mal begegnet. Dennoch war er bereit, seine Pflicht zu erfüllen und sich in diese Welt einzufügen. Er kannte zwar alle Tänze, die korrekte Anrede und die Tischmanieren, aber das reichte nicht aus, um ihn als gleichwertigen Vertreter des Reiches zu betrachten. Das war alles, was die jungen Frauen hier heute Abend sahen:

seine Ländereien, seinen Titel und sein Vermögen. Nicht ihn.

Ich wünsche mir für eine Nacht, nur als Mann gesehen zu werden - als ich selbst.

Einige weitere Gäste betraten den Ballsaal, jeder von ihnen wurde angekündigt, alle bis auf den letzten, eine junge Frau. Sie winkte den Diener mit einem höflichen Lächeln weg, als er sich nach ihrem Namen erkundigte. Das war ein kühner Schachzug, der Peregrines Aufmerksamkeit erregte. Fasziniert musterte er die Frau. Ihr Kleid war aus silberner Seide, die im Lampenlicht zu schimmern schien. Hunderte von Perlen bedeckten ihr Mieder, die Ärmel und die silbernen Überröcke ihres Kleides. Ihr Haar war in zarten Locken auf dem Kopf aufgetürmt, und ein silbernes Band verlief durch die Strähnen.

Sie neigte den Kopf zur Seite, und er sah, dass ihre Maske ein sanftes Gold und Silber war. Er konnte ihre Gesichtszüge oberhalb der Lippen nur erahnen, aber der Rest von ihr war königlich und doch fast traumhaft. Sie wirkte wie eine Feenkönigin, die dazu bestimmt war, einen gut aussehenden Feenprinzen zu heiraten. Mit den Sterblichen um sie herum ließ sich nichts an ihr vergleichen, so sehr, dass sich die Menge um sie herum teilte, als sie tiefer in den Raum ging. Frauen verneigten sich, und Männer taten dasselbe.

Wer *war* sie?

Peregrine bewegte sich in den Schatten und hielt mit ihr Schritt, als sie langsam in den Raum eintrat. Gerade als die Musik zu Ende war, ging er auf sie zu. Er war sich seiner Füße kaum bewusst, bis er sie erreichte. Wo andere sich nicht hintrauten, schritt er nun mutig voran. Er war schließlich zum Tanzen hergekommen, und ein Tanz bedeutete nicht, dass er diese geheimnisvolle Schönheit, wer auch immer sie war, heiraten musste.

»Ein Tanz, Mylady?«, fragte er, dann verbeugte er sich, richtete sich auf und reichte ihr die Hand. Sie zögerte, ihre dunkelbraunen Augen waren unergründlich, ihre Lippen geöffnet, und sie atmete kurz ein, bevor sie antwortete.

»Danke.« Sie legte ihre Handfläche in seine, und ein Funken von etwas schoss zwischen ihnen hin und her.

Er führte sie auf die Tanzfläche und unglaublich dankbar, dass Lady Germain auf Tanzkarten verzichtet hatte, damit die Leute tanzen konnten, mit wem sie wollten, und um mit ihren Masken ein gewisses Geheimnis zu wahren.

Er schloss die Frau in seine Arme, während die Musiker einen Walzer anstimmten. Er machte sich keine Sorgen wegen der Schritte, als er sie über das Parkett führte.

»Sie tanzen wunderbar«, sagte sie, als sie sich gemeinsam bewegten.

»Genau wie Sie, Mylady.« Er suchte ihren Blick, und

sie schaute schüchtern weg. Welch ein Kontrast zu der kühnen Frau, die unangekündigt durch die Tür gekommen war.

Wer könnte sie sein? Eine kluge Debütantin, eine verwitwete Frau, eine alte Jungfer auf der Suche nach einer aufregenden Nacht? Wer auch immer sie war, sie hatte heute Abend die Fantasie aller Anwesenden im Ballsaal beflügelt, ihn selbst eingeschlossen. Er war nie ein romantischer Mann gewesen, aber irgendetwas an dieser Frau ließ ihn von Gärten und mitternächtlichen Tänzen zwischen Rosen und Glyzinien träumen.

»Verraten Sie mir Ihren Namen?«, fragte er.

»Ich dachte, das sollte ein Geheimnis sein«, bemerkte sie mit einem melancholischen Lächeln.

Er erkannte in ihr eine verwandte Seele. Wer auch immer sie war, sie wollte von der Welt in Ruhe gelassen werden, und die heutige Nacht würde ihre einzige Flucht sein. Die plötzliche Befürchtung, dass sie in dem Moment, in dem der Tanz endete, wie ein Nebel in seinen Armen verschwinden würde, machte ihn nervös.

»Bleiben Sie noch für einen weiteren Tanz?«, fragte er, während sie an einer Schar junger Frauen vorbeizogen, die neidisch auf sie blickten. »Oder werden Sie einfach verschwinden, meine Feenkönigin?«

»Ich könnte das eine oder das andere tun«, lachte sie. »Was können Sie mir als Gegenzug zum Bleiben anbieten, lieber Sterblicher? Bringen Sie mich in Versuchung«, befahl sie mit sanfter, bezaubernder Stimme.

»Lassen Sie mich sehen ... Ich könnte Sie mit Witzen unterhalten. Oder vielleicht Rätsel? Ein Spaziergang durch die Gärten?« Er hätte ihr alles angeboten, was er zu geben hatte, sogar sein Herz. Aber das war nur ein aus Verliebtheit geborener Wahnsinn, das war alles. Liebe auf den ersten Blick war Unsinn. Das war eine Geschichte, die man Debütantinnen vor ihrem ersten Ball erzählte. Für einen dreißigjährigen Mann gab es das nicht.

»Ein Spaziergang durch die Gärten ... und vielleicht ein oder zwei Rätsel?«

»Abgemacht, Mylady.«

Peregrine begleitete sie nach dem Ende des Walzers von der Tanzfläche. Es schien, als ob alle sie immer noch beobachteten.

»Um Himmels willen, wir werden sehr genau beobachtet, nicht wahr?«, überlegte sie.

»Ja, das ist ziemlich ärgerlich. Geben Sie mir einen Moment.« Er untersuchte die verschiedenen Ausgänge. »Kommen Sie, holen wir uns ein Glas Ratafia und verschwinden wir durch die Tür hinter den Tischen.«

Sie holten die Getränke und bewegten sich langsam zurück in Richtung der offenen Terrassentür.

»Fast geschafft«, murmelte Peregrine, als sie auf der Schwelle standen. »Keine plötzlichen Bewegungen jetzt

...« Die Herbstbrise strömte durch die weißen Vorhänge, die bis zu den Türkanten zurückgezogen worden waren.

Die Frau nahm einen weiteren Schluck von ihrem Getränk. »Auf drei?«

Er nickte. »Eins ... Zwei ... *drei*.« Und sie stürzten gemeinsam auf die Terrasse hinaus.

Er zog sie die Treppe hinunter, die zu den Gärten führte. »Kommen Sie, hier entlang.« Sie stellten ihre Gläser auf das Terrassengeländer, als sie gingen. Sie lachte, während sie mit der freien Hand ihre Röcke raffte und ihm folgte. Sie liefen über den perfekt gepflegten Rasen und verschwanden in den hohen Hecken. Erst als das Haus nicht mehr zu sehen war, hielten sie an.

»Ich glaube, von hier aus können wir unseren Spaziergang in Ruhe genießen.« Peregrine verschränkte ihren Arm mit seinem. »Nun, ich glaube, ich habe Ihnen ein Rätsel versprochen, nicht wahr?«

»Das haben Sie.«

Er musste zugeben, dass er sich durchaus amüsierte, und tippte sich ans Kinn. »Was läuft morgens auf vier Füßen, nachmittags auf zwei und nachts auf drei?«

Sie grinste. »Ich habe um ein Rätsel gebeten, nicht um eine Geschichtsstunde. Wenn ich mich richtig erinnere, ist das das Rätsel der Sphinx aus *Ödipus Rex* ... und die Antwort ist *Mann*. Als Säugling krabbelt er auf allen Vieren, als Erwachsener geht er auf zwei

Beinen, und wenn er alt ist, benutzt er einen Gehstock.«

»Ah, ich vergaß, dass ich mich mit einer Fee aus uralten Zeiten anlege. Nun gut ... Wie wäre es hiermit?« Dann trug er ein Gedicht vor:

Als ich auf dem Weg nach St. Ives war

Begegnete ich sieben Ehefrauen auf dem Weg,

Jede Frau hatte sieben Säcke,

In jedem Sack befanden sich sieben Katzen,

Jede Katze hatte sieben Jungtiere:

Kätzchen, Katzen, Säcke und Ehefrauen,

Wie viele waren es, die nach St. Ives unterwegs waren?

»Oh je, würden Sie es mir noch einmal rezitieren?«, fragte sie.

Peregrine wiederholte pflichtbewusst das Rätsel.

»Darf ich eine Frage stellen?«

»Natürlich.«

»Ich nehme an, dass diese Person auf dem Weg nach St. Ives reist auf einer Straße und ist weder schneller noch langsamer als andere Reisende auf der Straße unterwegs, und er ist allein, als er sich auf den Weg macht?«

Peregrine brauchte einen Moment, um die Fragen in Bezug auf die Antwort zu durchdenken.

»Ja. Ihre Annahmen sind richtig.«

Sie zögerte nur einen Moment, bevor sie antwortete.

»Einer. Einer geht nach St. Ives. Die anderen genannten

sind eine mathematische Irreführung. Man könnte annehmen, dass er den anderen Reisenden nur begegnen konnte, wenn sie aus der entgegengesetzten Richtung an ihm vorbeikamen.«

»Gut gemacht, meine Elfenkönigin. Sehr gut gemacht. Wünschen Sie ein weiteres?«

»Ja, und seien Sie vorsichtig - wenn du ein zu einfaches wählst, werde ich für immer verschwinden.« Sie lachte.

»Sehr gut. Es ist ein kurzes, aber sehr schweres Rätsel. Es gibt zwei Türen, eine, die in den Himmel führt, und eine, die in die Hölle führt. An jeder der beiden Türen steht ein Wachmann. Sie können einem Wächter eine Frage stellen und dann entscheiden, durch welche Tür Sie gehen wollen, um das Tor zum Himmel zu öffnen. Einer der Wächter sagt immer die Wahrheit, und einer lügt immer. Welche Frage würden Sie welchem Wachmann stellen?«

Sie blieben an einer weißen Marmorbank stehen und setzten sich nebeneinander. Peregrine verlor sich in der Schönheit des Mondlichts auf ihrer Alabasterhaut.

»Das ist schwierig«, sagte sie. »Ich würde jeden der beiden Wächter fragen, was der andere sagen würde, und dann durch die andere Tür gehen.«

»Mein Gott«, murmelte Peregrine. »Davon haben Sie auch schon gehört?«

»Nein, aber es ist logisch. Manchmal ist die Antwort

auf ein Rätsel die einfachste Lösung, die man finden kann. Vorausgesetzt, man denkt nicht zu viel darüber nach.«

Sie stand auf und ging weiter den Pfad hinunter, und er folgte ihr.

»Mylady, bitte sagen Sie mir Ihren Namen.« Er griff nach ihrer Hand, zog sie in die seine und strich mit den Fingerspitzen über die Innenseite ihrer Handfläche. Sie holte tief Luft, als er ihr einen Kuss auf das innere Handgelenk drückte. Sie begann zu zittern, und er vergaß fast sich selbst und versuchte, seine Arme um sie zu legen. Im letzten Moment hielt er inne und ließ stattdessen ihre Hand los, woraufhin sie sich zu beruhigen schien.

Sie kicherte leise, als sie sich beruhigte. »Es tut mir leid. Das kann ich Ihnen nicht sagen. Selbst wenn ich es täte, würde es keinem von uns etwas nützen.«

»Warum?«

Sie blickte hinauf in den endlosen, tiefschwarzen Himmel. »Weil ich ab morgen niemand mehr sein werde.« Sie stand auf und begann zu gehen.

Peregrine ging ihr nach und ergriff ihre Hand, um sie aufzuhalten. »Sie machen mir Angst mit diesem Gerede, dass Sie morgen ein Niemand sein werden. Warum sagen Sie das?«

Sie wandte ihr Gesicht ab, aber als er sie sanft

zurückdrehte, um ihn anzusehen, liefen Tränen unter dem Rand ihrer Maske hervor.

»Sie weinen«, hauchte er. Seine Sorge um diese Frau, die er nicht kannte, verdrehte ihn innerlich, bis er einen fast körperlichen Schmerz empfand. Er hatte sich noch nie in seinem Leben mit jemandem so verbunden gefühlt, und doch war sie eine völlig Fremde. Aber in diesem Moment war es die Wahrheit. Er *war* irgendwie mit ihr verbunden.

»Das tue ich, aber das spielt keine Rolle.«

»Nein? Was dann, Mylady?«

Sie umfasste sein Gesicht und erhob sich auf ihre Zehenspitzen. »Das ...«

Sie küsste ihn, und die Welt um diesen Kuss herum hörte auf zu existieren.

❧ 3 ☙

Sabrina konnte sich nur eine Möglichkeit vorstellen, den Mann vor ihr abzulenken. Sie packte ihn und küsste ihn. Sie hatte noch nie einen Mann geküsst und wusste daher nicht, wie es sich anfühlen sollte, aber ihre anfängliche Unbeholfenheit verflog, als der geheimnisvolle Mann sie näher zu sich zog und seine Lippen begierig auf die ihren trafen. Er war so groß, so wunderbar warm und hart an ihrem eigenen Körper, als sie sich an ihn lehnte. Der Mann hielt sie im Kreis seiner Umarmung und gab ihr ein Gefühl der Sicherheit, wie sie es nicht für möglich gehalten hatte. Sie gab sich ihm hin und hoffte, der Kuss würde ewig dauern.

Sie lernte schnell, ihren Mund zu bewegen, die Empfindungen und das Prickeln der Erregung, das der

Kuss in ihrem ganzen Körper auslöste, auszukosten. Als er über den Rand ihrer Lippen leckte, wich sie erschrocken ein wenig zurück.

»Ruhig, mein Schatz, ich will dich nicht erschrecken. Öffne deinen Mund für mich.«

»Meinen Mund öffnen?« Widerstrebend zog sie sich in seine Arme zurück, unsicher, ob ihr das gefallen würde oder nicht.

»Vertrau mir.« Er strich mit dem Handrücken zärtlich über ihren Hals. Sie vertraute ihm. Es war seltsam … aber es war auch wahr. Sie vertraute diesem Mann.

Ihre Münder trafen sich erneut, und sie öffnete sich ihm und keuchte, als seine Zunge die ihre berührte, leicht und spielerisch. Es war aufregend, verboten und ging weit über das hinaus, was sie sich unter einem Kuss vorgestellt hatte. Sie beschloss in diesem Moment, dass es ihr gefiel. Der Mann hielt sie fest und küsste sie, während die Sterne langsam über den Himmel zogen.

Aber sie brauchte mehr. Sie wollte, dass dieser Mann sie heute Abend für sich beanspruchte, damit sie morgen frei von ihrem Bruder und Mr. Booker sein würde.

Als sie nach Luft schnappten, schob er seine Nase in ihr Haar. Ihr ganzer Körper zitterte vor Nervosität, als sie ihm die Frage stellte, die ihr Leben für immer verändern würde.

»Würdest du mit mir unter den Sternen Liebe machen?«

Einen Moment lang war nur das Zirpen der Grillen zu hören.

»Wie bitte?«

»Bitte, ich habe keine Zeit für Erklärungen, aber ich würde mich sehr freuen, wenn Sie das tun würden.«

Sie sah, wie sich Verwirrung und Verlangen auf seinem Gesicht vermischten.

»Willst du mich dazu bringen, dich zu kompromittieren? Verstecken sich dein Vater oder deine Mutter in den Hecken, um uns zu entdecken?« Seine Stimme war jetzt weniger warm als zuvor. In seinen schönen, gelbbraunen Augen lag kühler Argwohn.

»Nein!«, antwortete Sabrina.

»Warum dann ...?«

Könnte sie es ihm sagen? Würde er es verstehen? Schließlich hatte sie das Gefühl, dass sie keine andere Wahl hatte, als ihm zu vertrauen. »Ein Mann, den ich verabscheue, erpresst meine Familie, und die einzige Möglichkeit, dass er Ruhe gibt, wäre, zuzulassen, dass er mich heiratet. Aber er wird mich nur nehmen, wenn ich unberührt bin. Er hat sogar einen Arzt, der am Morgen kommt, um den Zustand meiner Tugend zu untersuchen. Ich würde mich sehr freuen, wenn Sie mich *berühren* würden. Bitte ...«

»Mein Gott, wie bist du nur an so einen Mann geraten, der ...?«

»Ich versichere Ihnen, dass ich das nicht freiwillig

getan habe. Ich bin ein Opfer des Schicksals, und ich fürchte, dass dies meine einzige Chance ist, zu entkommen.«

»Willst du das wirklich?«, fragte er, immer noch zögernd. Seine Arme lagen immer noch um sie, und sie fühlte sich an seinem großen, muskulösen Körper geborgen. Er hatte allen Grund zu vermuten, dass sie versuchte, ihn in eine Mausefalle zu locken, doch sie konnte erkennen, dass er ihr glaubte.

»Ja. Auch wenn wir einander fremd sind, vertraue ich Ihnen.«

Er gluckste trocken. »So habe ich mir meinen Abend zwar nicht vorgestellt, aber ich fühle mich geehrt, dass man mich auserwählt hat, dich auf diese Weise zu retten.«

»Wo sollen wir ...?« Sie wusste nicht, wo sie die Tat am besten vollenden könnten.

»Komm.« Er führte sie an den Gärten vorbei und auf eine Wiese. Niemand würde sich so weit vom Haus entfernen. Sie würden nicht gestört werden. Er zog seinen Mantel aus und legte ihn für sie auf den Boden.

»Darf ich?« Er reichte ihr die Hand, als sie sich auf den Boden sinken ließ und sich auf seinen Mantel legte. Der Stoff war noch warm, und sein Geruch haftete an ihm. Das Aroma war dunkel, mit einem Hauch von Sandelholz und Leder. Er schien oft zu reiten. Der Gedanke, dass er rittlings auf einem mächtigen Tier saß und seine Schenkel sich anspannten, während er es führte, ließ ihren Körper eng werden und vor Hitze erröten.

Er legte sich neben sie und beugte sich vor, um sie erneut zu küssen. Sie verlor sich in ihm und dem Genuss seines Mundes auf dem ihren. Erst als sie den Luftzug an ihren nackten Schenkeln spürte, bemerkte sie, dass er eine Hand unter ihren Rock schob. Sie verkrampfte sich, und er hielt inne, eine Hand ruhte außen auf ihrem Oberschenkel.

»Geht es Ihnen gut?« Er war so männlich, so beherrscht von seinem und ihrem Körper in diesem Moment. Sie hatten noch nicht einmal angefangen, miteinander zu schlafen, und doch dachte er daran, sie zu fragen, wie sie sich fühlte. Seine Fürsorge für sie stellte alles in Frage, was sie von diesem Moment erwartet hatte.

Sie nickte. »Ja, bitte fahren Sie fort. Ich bin ein bisschen nervös, das ist alles.«

Sein Mund wanderte zu ihrem Hals, und er spielte mit den Bändern an ihren Strümpfen, während er seine Hand in ihre Unterwäsche schob. Sie öffnete ihre Beine noch ein wenig mehr, und als seine Fingerspitzen ihr Geschlecht berührten, keuchte sie und warf ihren Kopf zurück.

»Das ist es, mein Schatz. Entspann dich und lass dich von mir berühren. Genieße, wie es sich anfühlt.«

Empfindungen durchströmten sie, und sie wimmerte bei jeder seiner Berührungen in Erwartung.

»Ich will dir nicht wehtun«, murmelte er. »Aber beim ersten Mal kann es wehtun.«

»Ja, ich weiß.« Sie entspannte sich, als er sie weiter berührte. Als er eine Fingerspitze in sie drückte, war es eng, aber sie begrüßte seine Sanftheit. Er fuhr fort, seinen Finger in ihr zu reiben, bis die Nässe dort zunahm und sie sich ein wenig entspannte. Sie ließ ihre Hüften kreisen, und sein Finger sank tiefer.

Dann zog er seine Hand zurück und öffnete seine Hose. »Ich wünschte, wir hätten mehr Zeit. Ich möchte jeden Zentimeter von dir küssen.«

»Das will ich auch, aber wir haben keine Zeit.« Sie berührte seine Wange, und er beugte sich herunter, um sich einen weiteren Kuss zu holen, als er sich zwischen ihren gespreizten Schenkeln niederließ und in sie eindrang. Der plötzliche Schmerz verblasste, als er sie weiter küsste. Dann füllte er sie aus - das war das einzige Wort, um es zu beschreiben. Das Gefühl, dass es kein Ende und keinen Anfang zwischen ihnen geben würde.

Er wiegte seinen Körper gegen den ihren, und sie schlang ihre Arme um seinen Hals und hielt sich an ihm fest, während sich zwischen ihnen etwas Wundersames entwickelte.

»Kannst du die Sterne sehen?«, fragte er, als sie sich gemeinsam bewegten.

Ihre Augen hoben sich, um den Sternenhimmel über ihnen zu betrachten, und es war der schönste Anblick, den sie je gesehen hatte.

»Ich wünschte, du könntest sie sehen«, sagte sie.

»Das tue ich, mein Schatz. Ich sehe sie in deinen Augen widergespiegelt.«

Sie fuhr mit den Fingern durch sein Haar und berührte die schwarzen Bänder, die seine Maske am Gesicht hielten. Sie wünschte, sie könnte ihm das Ding einfach abnehmen und seine Gesichtszüge sehen. War sein Gesicht so gutaussehend wie der Rest von ihm? Sein Kiefer war kräftig und gerade; es gab kein schwaches aristokratisches Doppelkinn oder eine ruhige Kieferpartie. In seinen whiskeyfarbenen Augen schimmerte sanfter Schalk. Er schien gut aussehend zu sein, aber sie konnte sich nicht sicher sein, solange sie ihn nicht ohne seine Maske gesehen hatte.

Aber er würde ein Geheimnis bleiben müssen. Sie brauchten beide die Anonymität. Wenn sie ihn jemals wiedersehen würde, selbst wenn sie frei wäre, was sie hoffte, würde es ihr nur das Herz brechen. Sie würden diesen einen Moment haben, diese eine Nacht. Die Hitze, die sich in ihrem Unterleib aufbaute, begann sich zu verstärken, und sie spürte, wie eine seltsame Wildheit über sie kam. Das machte ihr ein wenig Angst.

»Mylord ... Ich fühle mich ohnmächtig«, flüsterte sie.

Es fühlte sich an, als ob sie fallen würde, als ob sie … sterben würde. War das möglich?

»Möchtest du, dass ich aufhöre?«, fragte er.

»Nein, hören Sie nicht auf. Bitte, hören Sie *niemals* auf.« Wenn sie im Begriff war zu sterben, würde sie dies mit ihrem letzten Atemzug genießen.

Er bewegte sich drängender, sein Körper presste sich gegen ihren. Sie umklammerte seine Schultern, als diese Wildheit von ihr Besitz ergriff. Sie war so überwältigt von dem heftigen Lustrausch, dass sie aufschrie. Er bedeckte ihren Mund mit seinem und saugte das Geräusch in sich auf. Einen Moment später trennten sich ihre Lippen voneinander, als er selbst einen Schrei ausstieß. Etwas Heißes durchflutete ihren Schoß, und sie schlang ihre Beine fest um seine Taille, weil sie befürchtete, er würde die Verbindung zwischen ihnen plötzlich trennen, bevor sie bereit war, ihn loszulassen.

Sie blieben einige Zeit miteinander verschmolzen, bevor er sich zurückzog. Er nahm ein Taschentuch aus seinem Mantel und säuberte sie und sich selbst vorsichtig. Ihr Jungfrauenblut war ein dunkler Fleck auf dem weißen Tuch unter dem mondbeschienenen Himmel.

»Habe ich dir sehr wehgetan?«, fragte er.

»Nicht sehr. Am Ende fühlte es sich ganz großartig an.« Sie war froh, dass die Maske den größten Teil ihrer Röte verbarg und die Nacht den Rest verdeckte.

»Möchtest du jetzt wieder reingehen?«, fragte er.

»Können wir noch einen Moment bleiben und die Sterne beobachten?« Sabrina wünschte sich verzweifelt, dass dieser Moment niemals enden würde.

»Natürlich.« Er setzte sich neben sie, und sie blickten in den Nachthimmel. Er streckte die Finger aus und legte seine Hand auf ihre. Sie war sich nicht sicher, warum sie ausgerechnet heute Nacht das Bedürfnis hatte, unter dem Nachthimmel zu sitzen und das Flackern der Sterne in ihrer himmlischen Ferne zu beobachten. Es war, als sei in dieser Nacht ein Abschnitt ihres Lebens vorübergegangen, und bald würde eine große Veränderung auf sie zukommen.

Sie hatte Angst vor dieser kommenden Veränderung. Es würde ein harter Winter werden - sie spürte es tief in ihren Knochen. Aber heute Abend war es wie ein Spätsommerabend, an dem der Winter nur noch ein ferner Traum war.

»Danke für den heutigen Abend, Mylord.« Schließlich stand sie auf. Er nahm seinen Mantel und zog ihn wieder an, nachdem er das Gras abgeklopft hatte.

»Ich wünschte ... Ich wünschte, ich könnte mehr für Sie tun, Mylady«, sagte er. Die Ehrlichkeit war so deutlich in seiner Stimme, dass sie wusste, dass er es ernst meinte.

»Sie haben mich vor einem schrecklichen Schicksal bewahrt. Das ist genug.«

»Darf ich dich zurückbegleiten?«, fragte er.

Sie nickte und nahm den Arm, den er ihr anbot. Was auch immer morgen geschehen würde, die Erinnerung an diese Nacht würde ihr immer das Herz erwärmen.

PEREGRINE BEGLEITETE DIE GEHEIMNISVOLLE Schönheit zurück in den Ballsaal. Er betrachtete ihr Gesicht einen langen Moment und wünschte, er könnte ihre Züge deutlich sehen, aber er konnte erkennen, dass sie schön war. Er konnte es an ihrer Stimme hören und an der Art, wie sie sich bewegte, sehen. Auch wenn ihr Gesicht nach den Maßstäben anderer Männer unauffällig sein mochte, wusste Peregrine, dass diese Frau die schönste der Welt war. Seine persönliche Helena von Troja, die dazu bestimmt sein könnte, ihn zu ruinieren.

Bei dieser einen kurzen Begegnung hatte sie ihn dazu gebracht, seine Einstellung zur Heirat und zur Sesshaftigkeit zu überdenken. Und das war sehr gefährlich. So hatte sich sein Vater gefühlt, als er seine Mutter kennengelernt hatte, dass eine Heirat mit ihr alles sein würde, was er sich erträumt hatte, und sie hatte sich dasselbe vorgestellt. Doch beide hatten sich in ihren Überzeugungen schwer getäuscht. Liebe und Ehe waren kein Rezept für Glück. Sie waren eine Verurteilung, eine Gefängnisstrafe.

Er nickte in Richtung des Erfrischungstisches.

»Bitte, lass mich dir einen Drink holen. Du musst durstig sein.«

Sie lächelte ihn an, und sein Magen flatterte wie wild. »Danke, das ist sehr freundlich.«

»Bleib hier. Ich bin gleich wieder da.« Er ging zügig zum Erfrischungstisch und holte zwei Gläser. Dann kehrte er zurück ... nur um festzustellen, dass sie nicht da war. Er schaute sich um und suchte in der Menge nach der Schönheit in dem atemberaubenden silbernen Kleid.

Sie war verschwunden, genau wie er es befürchtet hatte.

»Wer war die bezaubernde Frau, mit der du zusammen warst?«, fragte Rafe, als er sich zu ihm gesellte.

»Ich weiß es nicht.«

»Was meinst du damit, du weißt es nicht? Du hast mit ihr getanzt. Ihr müsst euch zumindest einander vorgestellt haben.«

Peregrine schüttelte den Kopf. »Sie hat mir nie ihren Namen gesagt, auch nicht, als ich sie gefragt habe. Mein Gott ... Sie ist wirklich weg. Ich frage mich langsam, ob ich das geträumt habe.«

»Wenn ich nicht gesehen hätte, wie du mit ihr getanzt hast, zusammen mit der Hälfte der Londoner High Society, müsste ich dir darin zustimmen. Aber du hast mit ihr getanzt, es gibt sie, und alle fragen hier ausgiebig nach ihr.«

Eine rabenschwarze Schönheit mittleren Alters näherte sich Peregrine und Rafe.

»Lord Rutland, wer war das bezaubernde Geschöpf, mit dem Sie getanzt haben?«

»Siehst du?«, sagte Rafe.

»Sie kennen sie nicht, Lady Germain?«, fragte Peregrine.

Sie lachte und nahm ihre schwarz-rote Maske herunter, die sie sich an einem Stab vor die Augen hielt. »Nein, aber ich wünschte, ich würde. Ich bin alle jungen Damen in Gedanken durchgegangen, denen ich Einladungen ausgesprochen habe, und ich kann mich nicht erinnern, wer sie ist.«

»Haben Sie gesehen, wo sie hingegangen ist?«

»Das kann ich nicht behaupten.«

»Ein wahres Rätsel«, sagte Rafe. »Oh, das ist köstlich.«

Peregrine suchte den Ballsaal weiter nach der Frau in dem silbernen Kleid ab, aber er fand sie nicht. Vielleicht war sie wirklich eine Feenkönigin und war in ihr Reich des Zwielichts zurückgeglitten, so leicht wie der Nebel vor der Morgendämmerung.

❧ 4 ☙

Am nächsten Morgen schritt Sabrina nervös in ihrem Schlafgemach umher, während sie auf den Arzt wartete. Mr. Booker und ihr Bruder waren unten im Salon und planten bereits ihre Zukunft.

Sie würden sicherlich schockiert sein, wenn der Arzt sie für unrein erklärte.

Was für ein abscheuliches Wort, mit dem ein ganzes Geschlecht für Handlungen beschämt und herabgewürdigt werden sollte, die Männer ohne Konsequenzen genießen durften. Sie fühlte sich nicht mehr beschmutzt oder beschädigt als gestern. Was sie und der geheimnisvolle Fremde letzte Nacht getan hatten, hatte sich ganz und gar nicht unrein angefühlt. Es war etwas, das aus Verlangen heraus entstanden war, und doch hatte sie dort so viel mehr gefunden. Zwei einsame Seelen, die zueinander gefunden hatten.

»Hör auf, so herumzulaufen«, bellte Prudence, als sie draußen einen Reiter herankommen hörten. Sabrina eilte zum Fenster und sah, wie ein alter Mann vom Pferd stieg und aus dem Blickfeld verschwand, als er sich der Tür der Hütte näherte.

Einige Minuten später klopfte es an der Tür ihres Schlafzimmers, und Prudence ließ den Mann herein.

Er blinzelte Prudence durch eine dicke Brille an. »Wen von Ihnen soll ich inspizieren?«

Prudence zeigte mit einem Finger auf Sabrina. »Sie.«

»Ah, ja. Miss, würden Sie sich bitte auf das Bett legen?«

Sabrina tat, was er verlangte. Innerlich brodelte es in ihr und sie fühlte sich gedemütigt, dass dieser Mann sie aus keinem anderen Grund berühren würde, als um Mr. Bookers Wunsch nach einer jungfräulichen Braut zu entsprechen.

»Bitte rücken Sie näher an die Bettkante«, sagte der Arzt. »Knie hoch, Beine spreizen. Ich werde so sanft wie möglich sein.«

Sie zuckte zusammen, als seine Hände sie erforschten, aber er war sanfter, als sie erwartet hatte. Er stieß eine Fingerspitze in sie hinein, und sie zuckte zusammen, weil sie noch immer von der letzten Nacht wund war.

»Miss, hatten Sie schon einmal eine Beziehung mit einem Mann?«, fragte der Arzt.

»Das habe ich«, sagte Sabrina.

»Sie lügt«, schnauzte Prudence.

Der Arzt sah zwischen ihr und Prudence hin und her. »Madam, ich kann ganz leicht erkennen, dass ihre Jungfräulichkeit nicht länger vorhanden ist. Wenn sie sagt, dass sie mit einem Mann zusammen war, dann war sie es auch.«

Die hasserfüllten Augen richteten sich auf Sabrina. »Sind Sie sicher?«

»Ganz sicher.« Der Arzt nahm seine Hand zwischen ihren Beinen weg. »Sie können sich aufsetzen, Miss. Ich bin fertig.«

Prudence schien keine Worte mehr zu finden und stürmte dann aus dem Zimmer. Der Arzt lächelte Sabrina entschuldigend an.

»Sie scheinen erleichtert zu sein, meine Liebe.«

»Das bin ich. Ich habe mich sehr bemüht, nicht einen der Herren heiraten zu müssen, denen Sie unten begegnet sind.«

Das Gesicht des Arztes spannte sich an. »Das habe ich mir schon gedacht. Die meisten jungen Damen hätten unter solchen Umständen gelogen.« Er nahm seinen Mantel entgegen. »Viel Glück, Miss. Ich fürchte, das werden Sie brauchen.«

Nachdem der Arzt das Zimmer verlassen hatte, eilte

sie zur Tür und schloss sie ab. Innerhalb einer Minute ertönte unten Geschrei, und Schritte donnerten die Treppe hinauf.

Die Tür klapperte bedrohlich. »Sabrina, öffne sofort diese Tür! Hast du mich verstanden?«

»Ja, du kleine Hure, mach auf!«, rief Mr. Booker.

Betäubt von der Angst vor den Folgen ihres Handelns hatte Sabrina nur einen Gedanken. Wegzulaufen. Sie sammelte ihr Täschchen, das wenige Geld, das sie gespart hatte, das silberne Hofkleid ihrer Mutter und ein einziges Ersatzkleid ein und verstaute alles in ihrer Reisetasche. Sie eilte zum Fenster. Unter ihr befand sich ein Gitterwerk aus Kletterrosen und Efeu, und sie begann, mit ihrer kleinen Reisetasche in einer Hand, hinunterzuklettern. Als sie nahe genug am Boden war, ließ sie die Tasche fallen und kletterte dann den Rest des Weges hinunter.

Die Dornen der Rosen und die Splitter des alten Gitters kratzten und stachen sie an Armen und Beinen, aber sie hielt nicht inne. Es würde nicht lange dauern, bis ihr Bruder und Mr. Booker in ihr Zimmer einbrechen und dort feststellen würden, dass sie nicht mehr da war. Sie schnappte sich ihre Reisetasche vom Boden und umrundete die Hütte bis zu den Ställen. Ihr einziger Stallknecht, ein junger Mann namens Kenneth, fütterte die Pferde. Er sprang auf, als er sie sah.

»Miss Talleyrand!«

»Kenneth, könntest du Celeste schnell satteln?«, fragte sie.

»Ja, Miss.« Er beeilte sich, ihrer gescheckten Schimmelstute einen Sattel aufzulegen. Dann hob er sie hoch und befestigte ihre Reisetasche hinter ihr am Sattel.

»Kenneth, du hast mich nicht gesehen. Hast du das verstanden?«

Er nickte und verstand, was sie meinte. »Ich habe heute Nachmittag niemanden gesehen. Ich habe auch keine Ahnung, wie Celeste aus ihrem Verschlag herausgekommen ist.«

Sie grub dem Pferd die Fersen in die Weichen und ritt Celeste so lange, bis sie weit von der einst gemütlichen Hütte, die ihr Zuhause gewesen war, entfernt waren.

Es war schon dunkel, als sie den Schritt des Pferdes verlangsamte, und der einzige Ort, an dem sie etwas zu essen und zu übernachten hatte, war eine ziemlich schäbige Herberge. Sie fand einen Stallburschen, der Celeste entgegennahm, und überquerte dann den gepflasterten Hof in Richtung Gasthaus. Mit jedem Schritt spürte sie, wie ihre Angst und Erschöpfung sie zu überwältigen drohten.

Was hatte sie sich dabei gedacht, wegzulaufen? Sie hatte genug Geld, um ein paar Wochen zu überleben, bevor sie eine Stelle finden musste, um sich und Celeste zu versorgen.

Sie rieb sich die Arme und verfluchte sich dafür, dass sie nicht daran gedacht hatte, einen Mantel mitzunehmen. »Ich bin so dumm ...« Es war Frühherbst, und in den Nächten konnte es bereits recht kühl werden.

Sie stieß die Tür auf und erschrak, als sie sah, dass das Gasthaus innen noch schäbiger war als außen. Die Tische waren ungepflegt, und die wenigen Gäste im Inneren sahen ausgesprochen gefährlich aus. Aber sie konnte nicht weitergehen. Celeste brauchte einen Stall, frisches Heu, Wasser und eine warme Decke, nachdem sie heute so hart gefordert worden war. Sabrina würde also alles tun, um ihr Pferd gesund und munter zu halten.

»Kann ich Ihnen helfen, Miss?«, fragte das Schankmädchen.

»Oh ja, danke. Gibt es noch freie Zimmer? Ich würde auch gerne etwas zu Abend essen, wenn das möglich ist.«

»Sicher. Hier entlang.« Das Mädchen begleitete sie zur Bar, wo eine rundliche Frau mehrere Männer bediente, indem sie deren Becher mit Bier füllte.

»Mrs. Jeffries, diese Dame braucht ein Zimmer und ein Abendessen, wenn es Ihnen nichts ausmacht.«

Mrs. Jeffries stieß ein Schnauben aus und strich sich eine graue Haarsträhne aus dem Mund.

»Also gut. Bring ihre Sachen in das letzte Zimmer, Nummer sieben.«

»Ja, Mrs. Jeffries.« Das Dienstmädchen ruckte mit dem Kopf in Richtung Treppe. »Hier entlang, Miss.«

Sabrina wurde in ein kleines Zimmer mit einem winzigen Bett und ohne Kamin geführt. Es war trist und doch nicht anders als das, das sie gerade bei sich zu Hause zurückgelassen hatte.

»Das macht drei Schilling, Miss.« Das Schankmädchen streckte ihr eine Hand entgegen, und Sabrina gab ihr Geld heraus.

»Ich komme gleich mit einem Eintopf hoch.« Das Dienstmädchen ließ sie zurück, um sich einzurichten, nicht dass es viel zu tun gäbe. Sie stellte ihre Reisetasche auf den Boden und setzte sich mit einem schweren Seufzer auf das Bett. Am anderen Ende des Flurs hörte sie plötzlich das Kichern eines Kindes. Neugierig ging sie zu der Tür und riss sie auf. Ein hochgewachsener blonder Mann, viel zu attraktiv, um für eine Frau sicher zu sein, hielt die Hand eines kleinen Mädchens. Sie trug ein hellblaues Kleid, das sehr modern war, sogar für so ein kleines Kind.

»Da wären wir, mein Schatz. Das hier ist unseres.« Sie blieben an der Tür ihr gegenüber stehen.

»Hallo!«, begrüßte das kleine Mädchen Sabrina und winkte ihr mit einer kleinen Hand zu. Sie konnte nicht älter als sechs Jahre alt sein.

»Hallo.« Sabrina begrüßte das Mädchen herzlich und

errötete, als sie den Blick des Mannes sah. »Sie haben eine wunderschöne Tochter«, sagte sie.

Der Mann gluckste. »Ich danke Ihnen. Die kleine Maus ist süß, nicht wahr?« Sabrina war es nicht gewohnt, dass ein so gut aussehender Mann sie so ansah, aber sie hatte nicht das Gefühl, dass er ihr etwas Böses wollte. Schon gar nicht mit einem so kostbaren Gegenstand im Schlepptau. Er erinnerte sie an den geheimnisvollen Mann auf dem Ball, aber jener Mann hatte goldgelbe Augen und dunkles Haar gehabt. Dennoch gab ihr dieser Mann hier das gleiche Gefühl von Sicherheit, was keinen Sinn ergab, da sowohl dieser Mann als auch der Mann vom Ball Fremde für sie waren. Sie hatte keinen Grund, Fremden zu vertrauen.

»Also gut, Isla, Zeit zum Abendessen und dann ab ins Bett mit dir.«

»Muss ich, Papa?« Das Kind schmollte, was ihn nur zum Lachen brachte.

»Man kann die Welt nicht erobern, wenn man nicht anständig geschlafen hat. Stimmt's?«, stellte der Mann Sabrina die letzte Frage.

»Was? Oh ja, dein Papa hat recht. Schlaf ist das Wichtigste. Außerdem, je eher du schläfst, desto eher kannst du wieder aufstehen.«

Das Kind schien darüber nachzudenken und willigte schließlich ein. »Also gut.«

»Gute Nacht«, sagte er zu Sabrina und bedankte sich, bevor er sein Mädchen ins Zimmer führte.

Der Eintopf, der ihr einige Minuten später gebracht wurde, ließ viel zu wünschen übrig, und gelegentlich stieß sie mit ihrem Löffel auf etwas Fragwürdiges, das in den trüben Tiefen der Schüssel lauerte. Aber es schmeckte nicht völlig ungenießbar, also verzehrte sie so viel davon, wie sie konnte. Das einzige Stück Brot war altbacken, aber sie benutzte es, um die Reste des Eintopfs auszuwischen.

Sie war immer noch ziemlich hungrig und beschloss, nach unten zu gehen, um zu sehen, ob sie außer dem Eintopf noch etwas anderes hatten. Als sie die Tür öffnete, kam das Schankmädchen, das sie vorhin getroffen hatte, mit einem Teller, der wie Entenbraten mit Kartoffeln aussah, was Sabrina das Wasser im Mund zusammenlaufen ließen, die Treppe herauf. Sie blieb vor dem Zimmer auf der anderen Seite des Flurs stehen, und der Mann öffnete die Tür. »Da wären wir, Mylord«, gurrte die Magd. »Etwas Besonderes, wie Sie es wollten.«

»Danke, Mary. Ich bin sehr dankbar.« Er drückte dem Dienstmädchen einen Kuss auf die Hand, woraufhin sie rot anlief.

»Entschuldigen Sie, Miss, kann ich auch etwas von der Ente bestellen?«, wagte Sabrina zu fragen. Sie hatte nicht viel Geld übrig, um es für eine solche Mahlzeit auszugeben, aber es sah zu gut aus und sie war zu hungrig, um es sich entgehen zu lassen.

Das Dienstmädchen warf ihr einen erschöpften Blick zu. »Tut mir leid, Miss, das hier ist etwas Besonderes.«

»Aber dieser Herr war in der Lage ...«

»Ich sagte, es ist etwas Besonderes.« Das Dienstmädchen rümpfte die Nase über Sabrina, bevor es sich wieder umdrehte und den blonden Mann anlächelte.

»Gute Nacht, Mary«, säuselte er dem Mädchen zu, das fast in Ohnmacht fiel, bevor es sich wieder nach unten begab. Sabrina schaute sehnsüchtig auf die Ente, die der Mann auf seinem Teller hielt.

»Wie haben Sie sie dazu gebracht, Ihnen das zu geben?«

Der Mann grinste. »Oh, ein bisschen dies, ein bisschen das.« Er zwinkerte ihr zu und wandte sich ab, bevor er innehielt, seufzte und zu Sabrina herübersah. »Möchten Sie sich mir und meiner Tochter nicht anschließen? Hier ist genug, um es zu teilen.«

Sabrina wusste, dass es keine gute Idee war, ja zu sagen, aber sie war müde, hungrig und immer noch aufgewühlt von all dem, was in den letzten Tagen geschehen war.

»Oh, ich sollte nicht ...«

»Unsinn. Ich kann Ihren Magen von hier aus knurren hören. Kommen Sie rein, Miss ...«

»Talleyrand. Sabrina Talleyrand.«

»Es ist mir ein Vergnügen, Sie kennenzulernen. Ich bin Rafe Lennox, und meine kleine Isla haben Sie bereits kennengelernt.«

»Hallo!«, meldete sich Isla mit einem Lächeln auf den rosigen Wangen.

»Ich freue mich auch, Sie kennenzulernen.« Sie grinste das niedliche kleine Mädchen an, als sie Rafe in sein Zimmer folgte. Er stellte den Teller mit der gebratenen Ente auf den Tisch, und schon bald aßen sie zu dritt. Sie hatte erwartet, dass Rafe versuchen würde, ein wenig Small Talk zu machen, aber er schien es zu genießen, sein Abendessen zu vertilgen und seine Tochter in angenehmer Stille zu beobachten.

Als es nichts mehr zu teilen gab, stand Sabrina auf und versuchte, ihm ein paar Schillinge anzubieten.

»Bitte, ich werde kein Geld nehmen, wenn man bedenkt, wie ich die Ente erworben habe. Es ist nur angemessen, dass ich die Beute teile.«

»Nun, ich danke Ihnen nochmals, Mr. Lennox.« Sie begann, sich in ihr Zimmer zurückzuziehen.

»Miss Talleyrand, wohin sind Sie unterwegs, wenn ich fragen darf?«

»Ehrlich gesagt bin ich mir nicht ganz sicher.« Sie wollte sich nicht so gebrochen klingen lassen, aber er dürfte es deutlich in ihrer Stimme hören.

Rafes blaue Augen schienen zu leuchten. »Geht es Ihnen gut?«

»Vielleicht eines Tages wieder.« Sie konnte nicht die Kraft aufbringen, eine tapfere Miene aufzusetzen.

»Haben Sie genug Geld, um vorläufig über die Runden zu kommen, Miss Talleyrand?«

Sie nickte, wobei sich in ihrem Magen ein Stein bildete, als sie Mitleid in seinen Augen sah.

»Nun, Isla und ich sind auf dem Weg nach London. Sollten Sie auch dorthin kommen und Hilfe benötigen, finden Sie uns in der Half Moon Street, dem Haus mit der hellblauen Tür. Sie können es nicht verfehlen.«

»Warum wollen Sie mir helfen? Sie kennen mich doch gar nicht.«

Seine Augen wurden weicher, und er blickte zu dem Kind, das während des Gesprächs auf ihrem Bett eingeschlafen war.

»Seit ich Isla gefunden habe, ist mir bewusster geworden, wie wichtig es ist, Menschen in Not zu helfen.«

»Gefunden?«, fragte Sabrina.

»Ja. Sie ist ein Waisenkind, das ich kürzlich in Edinburgh gefunden habe. Ich habe sie als mein Mündel aufgenommen, und jetzt ist sie mein Kind.«

»Haben Sie eine Frau oder eine Gouvernante für sie?«, fragte Sabrina.

»Ich habe weder das eine noch das andere. Ich weiß ...« Er lachte. »Ein Junggeselle, der ein Scherflein wie sie aufzieht. Aber bis jetzt hat es mir und dem Kind ganz gut gefallen.«

»Das ist ziemlich wunderbar«, gab sie zu. »Ein Kind zu lieben, das nicht vom eigenen Blut stammt.«

»Nicht jeder teilt diese Meinung.«

Sabrina ging in Richtung ihres Zimmers. »Die Welt wäre ein besserer Ort, wenn mehr Menschen dies täten. Gute Nacht, Mr. Lennox.«

»Gute Nacht, Miss Talleyrand.« Seine Stimme war tief und sanft, nicht ganz so wie die raue Whiskey-Stimme des gut aussehenden, braunäugigen Fremden von Lady Germains Ball, aber sie wünschte sich in diesem Moment, es wäre der Mann von dem Ball, dem sie in der Halle begegnet war. Aber das war etwas, das nur in Märchen passierte.

Sie schloss die Tür und zog ihr Kleid aus, bevor sie in das kleine, kalte Bett kletterte und einschlief. Aber ihre Träume waren erfüllt von glitzernden Erinnerungen an den Walzer mit dem geheimnisvollen Fremden und die Liebe unter den Sternen.

$$\text{❧}\quad 5 \quad\text{❧}$$

Sabrina fluchte leise, während sie ihr karges Frühstück am Tisch unten im Schankraum des Gasthauses betrachtete. Sie hatte in der Nacht zuvor schlecht geschlafen, aber sie war sich sicher, dass der fremde, kalte Raum jeden beunruhigt hätte.

Das Brot war heute Morgen noch trockener, hart genug, um ihr die Zähne zu brechen, und der geschmacklose Brei war irgendwie noch *weniger* genießbar. Sie zwang sich zu essen, während sie überlegte, wohin sie gehen sollte. London würde mehr Arbeitsmöglichkeiten bieten, wäre aber auch viel gefährlicher.

Als das Schankmädchen vorbeikam, winkte Sabrina sie heran.

»Ja, Miss?«

»Entschuldigen Sie, aber kennen Sie jemanden, der in

der Nähe Hilfe sucht? Ein Ladenbesitzer, eine Näherin, jemand, der ein Dienstmädchen oder eine Hutmacherin braucht?« Sie wusste, dass ihre Fähigkeiten unzureichend waren, aber sie war jetzt verzweifelt.

Das Mädchen lehnte sich nahe heran. »Tut mir leid, Miss, in dieser Gegend gibt es nur einen Bedarf für eine Art von Position, nämlich die, die man auf dem Rücken verbringt. Wenn Sie das tun wollen, kenne ich jemanden, den Sie deswegen ansprechen können.«

»Oh, danke, aber nein. Das könnte ich nicht tun.«

»Könnten Sie sicher, wenn Sie lange genug mit leerem Bauch gelebt haben.« Das Dienstmädchen schnaubte und ging weg.

Sabrina wollte widersprechen, aber es lag eine erschreckende Wahrheit darin. Vielleicht musste sie ja doch nach London gehen. Als sie ihre Sachen holte und in den Ställen nach Celeste sah, fürchtete sie sich bereits vor dem, was die nächsten Tage bringen würden. Sie hätte sich um das Hier und Jetzt kümmern müssen.

»Na, bist du nicht ein hübsches Stück!«, sagte eine schroffe Stimme hinter ihr.

Sabrina wirbelte herum und sah einen massigen, fleischigen Mann, der nach Brandy roch. Seine blutunterlaufenen Augen waren auf sie gerichtet. Sie hielt die Zügel von Celeste fest, aber der Mann versperrte ihr den Weg in die Freiheit.

»Entschuldigen Sie, Sir, bitte gehen Sie zur Seite, damit ich passieren kann.«

»Na, na, kein Grund, so eklig zu mir zu sein«, sagte er mit einem Augenzwinkern. »Ich habe zufällig mitgehört, was ihr beiden Mäuschen da drinnen gesagt habt. Warum amüsieren wir uns nicht ein bisschen, und ich schicke dich mit ein bisschen Geld auf den Weg. Was sagst du dazu?«

Sie richtete sich auf und starrte ihn an. »Bewegen Sie sich, oder ich lasse mein Pferd über Sie hinwegtrampeln.«

Wut leuchtete aus den dunklen Augen des Mannes. »So ist das also, ja?« Er stürzte sich auf sie, sie kreischte und schlug mit der Faust nach ihm. Celeste bäumte sich auf und riss sich von Sabrinas schwachem Griff an den Zügeln los. Das gab dem Mann Zeit, sie zu packen.

»Lassen Sie mich los!«

Er zog sie von den Füßen, und sie wurde auf ein Heubett in einem leeren Verschlag geworfen. Als er sich hinkniete, um sie zu packen, zerkratzte sie ihm brutal das Gesicht.

Er berührte seine Wange und fand Blut an seiner Hand. »Oh, das wirst du mir büßen.« Er nahm seinen Gürtel ab, formte eine Schlaufe und ließ das Leder gegen seine Handfläche schnappen. Angst überkam Sabrina, als er auf sie zukam.

»Ich würde mal behaupten, das sieht nicht im

Geringsten nach Einwilligung aus«, sagte eine Stimme hinter ihrem Angreifer. »Ich könnte mich aber auch irren. Manche Frauen mögen ein bisschen Gefahr in ihrem Liebesleben. Das peppt die Sache auf.«

Ihr Angreifer drehte sich um und starrte Rafe Lennox an, der lässig an einem Holzbalken gleich hinter dem Verschlag lehnte, in dem Sabrina gefangen war.

»Hau ab. Die Schlampe gehört mir«, knurrte der Mann.

»Wirklich, tut sie das? Ich hatte gedacht, Miss Talleyrand hätte einen besseren Geschmack.« Rafe schaute sie an. »Sagen Sie mir, sind Sie *damit einverstanden*, Miss Talleyrand?«

»Mit *dem hier*? Natürlich willige ich dem nicht ein!«

»Nun, da haben Sie es«, sagte Rafe zu dem Mann. »Und jetzt verschwinden Sie.«

»Was?« schimpfte der Mann. »Für wen zum Teufel hältst du dich?«

»Ich bin der Mann, der dir sagt, dass du gehen sollst. *Höflich*. Ich mag kein Heiliger sein, aber ich bin immer noch ein Gentleman, und als solcher ist es meine Pflicht, Fürsprache einzulegen und diese Frau von Ihrer Gegenwart zu befreien.«

»Ach, hau ab, du aufgeblasener Dandy.«

Rafe verdrehte die Augen. »Ich sehe, dass Worte hier wenig nützen. Ich sollte es besser kurz machen, oder?

Miss Talleyrand, bitte passen Sie auf.« Das war ihre einzige Warnung.

Sabrina wich gerade so zurück, als Rafe sich auf den Mann stürzte. Die dumpfen Geräusche von Fäusten, die immer wieder auf Fleisch schlugen, und das Knacken von Knochen ließen sie zusammenzucken und die Augen schließen. Der Stallboden bebte, als der Mann neben ihr im Verschlag auf dem Boden aufschlug und sich nicht mehr bewegte.

»So. Es ist alles in Ordnung, Miss Talleyrand. Unser Freund ist erstmal ausgeschaltet«, sagte Rafe. Sie öffnete die Augen und sah Rafe, der ihr die Hand hinhielt. Sie nahm das Angebot an, und er zog sie auf die Beine. »Vielleicht hat er, wenn er wieder nüchtern ist, gelernt, wie wichtig es ist, die Zustimmung einer Frau einzuholen.«

»Oh, Celeste!« Sabrina keuchte.

Rafe blickte sich um, als ob er erwartete, noch jemanden zu sehen. »Wer?«

Sie eilte an ihm vorbei, um die Zügel ihrer Stute zu ergreifen. »Mein Pferd.«

»Ah, das ist ja ein schönes Stück Pferdefleisch«, sagte Rafe, als er sich zu ihr gesellte.

»Ich danke Ihnen. Sie war alles, was ich mitnehmen konnte, als ich von zu Hause wegging.« Sie hatte es nicht sagen wollen, aber es war ihr herausgerutscht.

»Und wo ist das Zuhause?«, erkundigte sich Rafe.

»Das spielt keine Rolle. Nicht mehr.«

»Ach, so läuft das also? Nun gut, wir haben alle unsere Geheimnisse. Habt Sie sich schon entschieden, wohin Sie gehen wollen?«

»London.«

Er schenkte ihr ein Grinsen. »Großartig. Dann werden Sie mit Isla und mir reisen. Und nein, ich bestehe darauf. Sehen Sie es als Ihre Art, mir dafür zu danken, dass ich Sie auf so heldenhafte Weise gerettet habe.«

Sabrina war zu müde, um zu streiten. »Danke, Mr. Lennox. Könnten wir Celeste hinten an Ihren Wagen binden?«

»Das lässt sich leicht arrangieren. Meine Kutsche ist bereit. Ist das Ihr Koffer?« Er bückte sich, um ihr Gepäck aufzuheben.

»Ja, danke, aber ich kann es selbst tragen.«

»Aber Sie erinnern sich doch, dass ich sagte, ich sei ein Gentleman?« Rafe ging weiter, ihre Reisetasche unter einem Arm geklemmt. »So machen wir das.«

Sabrina folgte ihm aus den Ställen und führte Celeste zu seiner Kutsche. Der Stallbursche band Celeste dann hinten an den Wagen. Rafe übergab Sabrinas Koffer an den Lakaien, der ihr Gepäck sicherte.

»Isla, meine Liebe, wir haben einen Gast.« Ein Engelsgesicht lugte aus der offenen Wagentür, und das kleine Mädchen winkte Sabrina zu.

»Hallo, Isla«, grüßte sie, als Rafe ihr hineinhalf. »Schön, dich wiederzusehen.«

Sobald Sabrina sich niedergelassen hatte, setzte sich Rafe ihr gegenüber. »Sehen Sie, Miss Talleyrand? Das war doch nicht so schwierig, oder?« Sie starrte ihn verwirrt an, also fügte er hinzu: »Hilfe anzunehmen.«

Eine Hauch Verlegenheit rötete ihre Wangen. »Nein, Mylord, das war es nicht.«

»Rafe, bitte. Mein Bruder ist ein Lord, nicht ich.«

»Rafe. Dann nennen Sie mich bitte Sabrina.«

»Sabrina.« Rafe lächelte wieder, und obwohl sich hinter seinem Lächeln die Gerissenheit eines Wolfes verbarg, fühlte sie sich nicht bedroht. Vielleicht lag es an dem niedlichen Kind neben ihm, aber sie hatte das Gefühl, dass sie ihm vertrauen konnte.

Sie verbrachte einen Großteil der Fahrt damit, Fragen zu beantworten, die Isla ihr stellte, und sprach dann mit Rafe über alle möglichen Themen, die sehr sicher und ziemlich langweilig waren.

Eine Stunde später erreichten sie London. Als sie darum bat, in der Bond Street rausgelassen zu werden, hielt Rafe eine Hand auf den Türknauf.

»Sabrina ... Lassen Sie mich Ihnen eine Frage stellen und seien Sie sich darüber im Klaren, dass ich keine Erwartungen romantischer Art habe.«

Bei der Erwähnung des Wortes *romantisch* verkrampfte sie sich.

»Isla braucht eine Erzieherin. Ich bin neu in diesem Geschäft des Vaterseins und habe in der letzten Woche Gespräche mit einem Dutzend Frauen geführt, von denen ich keine mit meinem Kind betrauen würde. Aber irgendetwas sagt mir, dass Sie gut mit ihr zurechtkommen würden. Ich zahle über dem Durchschnittssatz für Erzieherinnen, und ich werde Ihren ersten Lohn vorstrecken, um eine vollständige Garderobe zu bezahlen. Ich kann mir nicht vorstellen, dass diese Tasche sehr viel fasst. Ich werde auch keine Kosten für Unterkunft und Verpflegung für Sie oder Celeste verlangen - das wird zusätzlich zu Ihrem Lohn gezahlt.«

»Aber ...« Sabrina versuchte, einen Grund zu finden, nein zu sagen, aber es gab einfach keinen.

»Ausgezeichnet. Wir fahren jetzt direkt zu mir nach Hause, und dann gehen Sie sofort los und kaufen sich eine neue Garderobe.«

Sabrina war immer noch fassungslos, als sie später am Abend von der Modistin zu Rafes Haus zurückkehrte. Auf sein Drängen hin hatte sie ein Dutzend neuer Kleider gekauft. Jedes der Kleider war brauchbar und konnte ohne Hilfe angezogen werden, aber sie waren trotzdem schön. Rafe hatte sie davor gewarnt, mit etwas Langweiligem zurückzukehren, und ihr sogar gedroht, solche Kleider zu verbrennen, wenn sie es doch täte. Sie hätte gelacht, aber in seinen Augen lag eine seltsame Ernsthaftigkeit, als er auf ihr Kichern antwortete.

»Eine Frau, die einen Beruf ausübt, muss sich nicht so schrecklich kleiden, dass man vergisst, dass sie eigentlich ein Mensch ist. Ich will nicht, dass Sie mit der verdammten Tapete verschmelzen. Wählen Sie Farben und Stile, die Ihnen gefallen - das ist ein Befehl.«

Sie hatte es also getan, und ja, sie hatte ein schlechtes Gewissen, aber sie war auch sehr begeistert bei der Sache. Sie war jetzt eine Gouvernante. Sie hatte einen Beruf. Es war sicher, und sie würde ihren Lebensunterhalt und den ihres Pferdes verdienen. Sabrina war erleichtert und tröstete sich mit diesem Gedanken.

Doch als sie in dieser Nacht im Bett lag, träumte sie nur noch von dem Walzer auf Lady Germains Ball und all den Dingen, die danach gekommen waren. Was tat ihr geheimnisvoller Fremder heute Abend? Dachte er noch an sie? Würde er jemals an sie denken, oder war diese eine Nacht nur eine von vielen gewesen, die er mit immer anderen Frauen verbrachte, die er danach gleich wieder vergaß?

»Du bist albern«, schimpfte sie mit sich selbst. Sie drehte sich um, schlug mit der Faust in ihr Kissen, um es aufzupolstern, und zwang sich zu schlafen. Die kommenden Tage würden neue Herausforderungen mit sich bringen, aber sie brauchte eine gute Nachtruhe, um sie zu meistern.

❧ 6 ❧

**A**cht Monate später …

Peregrine nahm seinen Hut und seinen Mantel ab und übergab sie seinem Butler Jamison, als er sein Stadthaus für den Abend betrat. Er hatte den ganzen Tag damit verbracht, bei Familien vorbeizuschauen, die er nun besser kennenlernen musste. Dann hatte er sich mit seinen Anwälten und Bankiers getroffen, um all die Besitztümer und Konten zu begutachten, die nach dem Tod von Großonkel Frederick an ihn übergegangen waren.

In den letzten acht Monaten war er damit beschäftigt gewesen, sich an die Realität zu gewöhnen, ein Graf zu sein, eine Zukunft zu haben, die ihn aus seiner bescheidenen Umgebung heraus und auf ein Niveau von Geld und Macht hob, das er in keiner Weise verdient hatte.

»Mylord, Sie haben einen Brief von Mr. Lennox.« Sein Butler nickte, und ein Lakai trat mit einem Brief auf einem Silbertablett vor. Auch daran war Peregrine noch nicht gewöhnt.

Er nahm den Brief vom Tablett und ging in sein Arbeitszimmer. Sobald er allein war, las er Rafes Notiz. Rafe wollte seinen Freund Lawrence Russell in den Cotswolds zu einer Hausparty besuchen. Lawrence hatte offenbar auch eine Einladung an Peregrine ausgesprochen, da er und Peregrine nun Nachbarn waren.

Peregrine hatte Lawrence noch nie getroffen, zumindest nicht offiziell, aber er hoffte, dass sie sich gut verstehen würden, da ihre Ländereien aneinander grenzten. Er schrieb eine eilige Antwort an Rafe und eine zweite an Lawrence Russell, in der er ihm dankte und die Einladung annahm. Er würde in ein paar Tagen abreisen müssen, um rechtzeitig zum Beginn der Party dort zu sein.

Er übergab die Briefe an Jamison, dann stand er im Eingangsbereich des großen, leeren Stadthauses und seufzte. Vor dem Tod seines Großonkels hatte er in einer kaum erträglichen Unterkunft im Londoner West End gelebt, aber wenigstens hatte er ein Gefühl der

Gemeinschaft mit den anderen Menschen gekannt, die in der Nähe wohnten. Jetzt war er ganz allein. Seine Mitarbeiter würden es nicht einmal wagen, in seiner Gegenwart ein Lächeln zu zeigen. Er hoffte, dass sie mit der Zeit weicher werden würden, aber bis dahin war diese Sache mit der »Herrschaft« ziemlich einsam.

»Was haben Sie heute Abend vor, Mylord? Soll ich der Köchin sagen, sie soll das Abendessen vorbereiten?« Der Butler wartete geduldig darauf, dass er sich entschied, was er an diesem Abend tun wollte. Es erstaunte Peregrine immer wieder, wie geduldig der Mann sein konnte. Jamison war ein verdammter Heiliger.

»Ich ... Nun, ich denke, ich werde ausgehen.«

»Aus, Mylord? Soll ich Ihre Kutsche fertigmachen lassen?«

»Ja, danke, Jamison. Ich werde in meinen Club fahren.« Dort hätte er wenigstens jemanden, mit dem er reden könnte.

»Jawohl, Mylord. Ich werde Ihre Kutsche sofort vorbereiten lassen.«

»Danke.« Er kehrte in sein Arbeitszimmer zurück, um einige Briefe zu lesen, bis Jamison ihn rief.

Als er bei Berkley's ankam, war er überrascht, dass er sich auf einen Abend im Club freute. Er war noch nie ein Clubgänger gewesen, auch wenn er es sich hätte leisten können, aber sein Bedürfnis nach Gesellschaft hatte das geändert.

»Ashby?« Jemand rief seinen Namen, als er seinen Mantel und seinen Hut einem der Lakaien des Clubs übergab. Adrian Montague kam die Treppe herunter, die zu den Clubräumen führte, und hob seinen Gehstock zum Gruß.

»Montague, wie geht es Ihnen?«, fragte Peregrine.

Er hatte Adrian letztes Jahr in einer Spielhölle kennen gelernt und war verblüfft gewesen, zu erfahren, dass der Mann der uneheliche Sohn des Herzogs von Stratford war. Adrian hatte einige Jahre als Lakai im Haushalt des Herzogs von Devon verbracht, bevor er Lady Venetia Dunham in einer ziemlich skandalösen Affäre geheiratet hatte. Es war ein großes Ereignis gewesen, und die Gerüchteküche hatte vorher monatelang gebrodelt. Jetzt, drei Jahre später, war der Mann glücklich verheiratet und Vater eines entzückenden kleinen Jungen.

»Es ist eine bemerkenswerte Sache, zwei verschiedene Männer namens Peregrine zu kennen und mit ihnen befreundet zu sein. Deshalb wirst du immer Ashby sein und mein anderer Freund Sherman.« Adrian kicherte über einen privaten Scherz. »Obwohl ich mich jetzt daran gewöhnen muss, Sie Rutland zu nennen. Diese verdammten Gesellschaftsregeln. Ich kann nicht glauben, dass es schon fast ein Jahr her ist, dass Sie geerbt haben. Schön, Sie wiederzusehen. Ich fühle mich immer noch unwohl in einem Club wie diesem, aber Venetia wollte, dass ich heute Abend aus dem Haus gehe.«

»Oh?« Peregrine gluckste. »Warum das denn? Ich dachte, Sie wären glücklich verheiratet. Hat Ihre Frau Sie rausgeworfen?«

Adrian verdrehte die Augen. »Ich bin immer noch recht glücklich verheiratet, jeden Tag mehr als am Vortag. Aber ja, sie hat mich rausgeworfen.« Er grinste über den verblüfften Gesichtsausdruck von Peregrine.

»Was? Warum?«

»Sie veranstaltet eine Überraschungsparty für mich, eine Geburtstagsüberraschung, aber die arme Kleine hat keine Ahnung, dass ich weiß, was sie vorhat.« Adrian spielte mit dem Knauf seines Stocks, seine Lippen zuckten, als er sich ein weiteres Lächeln verkneifen wollte.

»Woher wissen Sie von ihren Plänen?« Peregrine und Adrian gingen die Treppe hinauf, wo sie in einem der oberen Räume etwas trinken konnten.

»Ich hätte nicht die leiseste Ahnung, so klug ist sie, aber sie hat leider die Angewohnheit, im Schlaf zu reden. Sie zählt immer wieder Dinge auf, die sie nicht vergessen darf ... Dann flüsterte sie vor sich hin, wie sie mich aus dem Haus bekommen könnte. Der arme Schatz. Ich werde natürlich ganz überrascht tun, wenn ich ankomme. *Gütiger Himmel! Mein Schatz, ich hatte ja keine Ahnung!*« Er hob die Hände in die Luft und stieß ein gespieltes Aufkeuchen aus.

Peregrine brach in Gelächter aus, als sie den Hauptraum betraten. In der Nähe schliefen mehrere ältere Herren, von denen einer durch Peregrines Lachen wachgerüttelt wurde.

»Seid still!«, brummte der alte Mann, bevor er wieder in seinen Schlummer fiel. Adrian führte Peregrine an das andere Ende des Raumes, wo sie sich hinsetzen und etwas trinken konnten.

»Und, wie leben Sie sich in das Leben auf der anderen Seite ein?«, fragte Adrian.

»Nicht sehr gut. Ich dachte, nach den letzten acht Monaten würde ich mich wohler fühlen, aber das tue ich nicht.« Peregrine zuckte zusammen, als er an seine Einsamkeit an diesem Abend dachte und wie er sich mit der Situation, das Leben eines anderen Mannes zu übernehmen, überfordert fühlte.

»Das hört sich nicht gut an.«

»Es ist dieses verdammte leere Haus. Ich bin es einfach nicht gewöhnt.« Peregrine rollte sein Glas zwischen den Handflächen.

»Es gibt eine Lösung.« Adrian winkte einem der Kellner, seinen Brandy nachzufüllen.

»Wenn Sie jetzt das Wort *Ehe* sagen ...« Peregrine knurrte warnend.

»So schlimm ist es doch sicher nicht? Die Ehe hat

mich überrascht. Ich hätte nie gedacht, dass es mir Spaß machen würde, aber hier stehe ich ... Oder besser gesagt, ich sitze.« Er gluckste. »Und ich kann ehrlich sagen, dass die Ehe mir gut tut.«

»Sie haben Glück. Sie haben keine Frauen, die hinter Ihrem Titel her sind und versuchen, sich von Ihnen kompromittieren zu lassen. Ich bin inzwischen so weit, dass ich in jedem Raum, den ich betrete, die Schränke und hinter den Vorhängen durchsuche. Es ist nur eine Frage der Zeit, bis der Vater einer Debütantin hinter einem Vorhang hervorkommt und *kompromittiert* über mich ausruft.«

»Ah, aber wenn Sie heiraten, werden Sie nicht mehr so gejagt werden.« Adrian tippte sich an die eigene Nase, während er zwinkerte. »So kann man sie überlisten.«

Adrians gute Laune war ansteckend, und Peregrine fühlte sich bereits besser. »Sie haben mich fast dazu gebracht, es in Erwägung zu ziehen, aber ...«

»Aber was?« Adrian beugte sich vor. »Ich spüre, dass es einen Grund gibt, den Sie nicht nennen, der Sie davon abhält, eine Ehe in Betracht zu ziehen.«

»Sie kennen meine Ansichten zur Ehe. Es ist eine Travestie, die Männern und Frauen aufgezwungen wird.«

Adrians heiterer Gesichtsausdruck verblasste. »Ja, ich erinnere mich, wie Sie mir von Ihren Eltern erzählt haben, aber die meisten Ehen sind nicht unglücklich, Peregrine. Selbst solche, die nicht auf wahrer Liebe beruhen, sind oft freundschaftliche Bündnisse. Sie müssen darauf vertrauen, dass es mit der richtigen Frau Gutes, Glück und Freude zu finden gibt. Haben Sie niemanden getroffen, der Sie dazu verleitet hat, darüber nachzudenken?«

Peregrine war lange Zeit still. »Da war eine Frau ... letzten Herbst. Ich habe sie auf dem Maskenball von Lady Germain kennengelernt. Sie hatte etwas an sich, etwas *Wunderbares*. Sie wäre eine, die ich in Betracht ziehen würde, aber ...«

»Aber?«

»Ich habe sie verloren.«

»Wie das?«

Peregrine lächelte reumütig. »Sie werden mich für verrückt halten.«

»Versuchen Sie es mit mir«, sagte Adrian.

Er erzählte Adrian, wie er auf dem Ball von Lady Germain gewesen war und wie eine schöne Fremde in seine Arme gelaufen war - und ebenso schnell wieder aus ihnen heraus. Er sprach von seiner Verbindung zu ihr, von seinem Wunsch, sie einfach nur zu halten, und davon, dass er eine Affinität zu ihr verspürt hatte, die ihn gleichzeitig erschreckt und fasziniert hatte.

»Ich habe mich vielleicht zu einer großen Dummheit hinreißen lassen«, gab Peregrine zu.

»Die da wäre?«

»Nun ...« Er senkte seine Stimme, da er wusste, dass

es unhöflich war, in einem Club über eine Frau zu sprechen, wenn er nicht mit ihr verheiratet war. Natürlich kannte er nicht einmal den Namen der Frau, aber trotzdem …

»Wir haben einen Spaziergang durch die Gärten gemacht.«

Auch Adrian senkte seine Stimme. »Ich nehme an, Sie meinen mit *einem Spaziergang* …«

»Ja, und es war ihr Wunsch, nicht meiner. Sie hat mir etwas sehr Merkwürdiges erzählt.«

»Während dieses *Spaziergangs*?«

Peregrine nickte. »Sie behauptete, sie wolle eine Heirat vermeiden, und das könne sie nur, indem sie ihre Jungfräulichkeit veräußere.«

»Und Sie haben ihr geglaubt? Das ist genau das, was eine Frau sagen würde, um einen Mann in die Ehe zu locken.«

»Das habe ich mir in dem Moment ebenfalls gedacht, aber niemand hat uns entdeckt. Sie hielt ihr Wort, und keiner von uns nahm seine Maske ab. Ich weiß nicht einmal, wie sie aussieht.«

»Und Sie haben einfach …«

»Ja, das haben wir. Und danach saßen wir zusammen und beobachteten die Sterne …« Peregrine seufzte wehmütig. Er verstand immer noch nicht, wie das hatte geschehen können. Er hatte schon mit vielen Frauen geschlafen, bevor er Graf geworden war, aber der Frieden, den er nach dem Zusammensein mit dieser Frau empfunden hatte ... Er hatte sich mehr als alles andere gewünscht, mit ihr für immer die Sterne zu beobachten.

»Ich glaube, Sie erliegen gerade einer unheilbaren Krankheit«, sagte Adrian mit einer Andeutung eines Lächelns.

»Was ist das für eine Krankheit?«

»Liebe.«

»Unsinn. Man kann sich nicht in eine Fremde verlieben.« Peregrine kostete sein Getränk, während seine Gedanken ihn noch immer auf der dunklen Sternenwiese hielten.

»Nein, natürlich sind Sie nicht verliebt. Aber Sie *könnten* es sein. Das ist der Beweis. Wenn Ihnen so viel an ihr liegt, sollten Sie sie finden.«

»Wie sollte ich das tun? Ich kann nicht einfach zum Haus von Lady Germain gehen und nach ihrer Gästeliste fragen.«

Adrian gluckste. »Eigentlich *könnten* Sie das durchaus tun, aber ich verstehe Ihre Argumentation. Sie hätten dann eine umfangreiche Liste zu prüfen. Alle jungen Damen, die Sie aufsuchen würden, hätten die Ehe im Sinn, während Sie auf der Suche nach Ihrem einstigen Aschenputtel sind, das vor Ihren Augen verschwunden ist.«

»Ja, genau. Das ist es, was ich vor allem vermeiden möchte.« Peregrine trank sein Glas aus.

»Nun, dann müssen Sie diese geheimnisvolle Frau eben vergessen.«

Bei dem Gedanken zuckte Peregrine zusammen, aber sein Freund hatte Recht. Entweder er fasste den Mut, London nach der Frau vom Ball zu durchsuchen und zu riskieren, mit einer anderen verheiratet zu werden, oder er ließ die Phantomschönheit ziehen. Wenigstens würde er dann noch die schöne Erinnerung an sie haben.

»Vielleicht haben Sie Recht. Sie war ein Traum, keine Realität, und es tut mir nicht gut, mich mit Träumen aufzuhalten und nicht das Leben zu leben, das vor mir liegt.« Selbst als er diese Worte sagte, weigerte sich ein Teil von ihm, sie zu glauben.

❧ 7 ❧

Als Peregrine vor einigen Monaten zum ersten Mal in die Cotswolds gekommen war, hatte er sich immer wieder vor Augen führen müssen, dass er eigentlich kein Besucher, sondern ein Bewohner war. Ashbridge Heath, der Stammsitz der Earls of Rutland, war eines von vielen schönen Anwesen in dieser Gegend. Peregrine betrat das Foyer seines neuen Zuhauses und fühlte sich immer noch wie ein Fremder, aber ein willkommener.

»Wir sind so froh, dass Sie zurück sind, Mylord«, sagte sein Butler, Mr. Burton, mit einem dünnen, aber ehrlichen Lächeln.

Zwei Butler - einer für London und einer für das Anwesen auf dem Land.

Peregrine lachte fast über die dekadente Absurdität

des Ganzen. Aber er war auch froh, hier zu sein. Bei seinem ersten Besuch hatte er festgestellt, dass die Cotswolds einen ganz eigenen, lebendigen Geist zu haben schienen, sowohl in den Menschen, die dort lebten, als auch in den Menschen, die das Land bearbeiteten. An Markttagen füllten sich die kleinen Dorfstraßen in den nahe gelegenen Städten mit Einkäufern. Dann gab es den Anblick von Pflügen, die satte braune Bänder von bearbeiteter Erde hinter sich ließen. Männer und sogar Frauen ritten über die Hügelkämme und waren in der Ferne zu sehen.

Es war ein Ort von unendlicher Vielfalt, an dem sich die Landschaft nur wenige Kilometer voneinander entfernt dramatisch veränderte. Was Peregrine am meisten liebte, waren die wilden Winde, die über die einsamen Hochebenen der Cotswolds fegten, wo es grasbewachsene Plätze gab, auf denen Schafe umherstreiften, und Trockenmauern, die wie Zöpfe in alle Richtungen verliefen.

Im Gegensatz zu Peregrines Leben in London vor seiner Ernennung zum Grafen, das in beengten, kleinen Quartieren ohne wirkliche Stille stattfand, begrüßte er die trostlose Abgeschiedenheit dieser Hügel und Täler. Der Wind pfiff auf eine Weise, die der kalten Luft in den Mooren Nordenglands ähnelte. Es war nicht dasselbe wie die Einsamkeit, die er manchmal in seinem

Londoner Stadthaus spürte. Allein in der Natur zu sein, war etwas ganz anderes, etwas sehr Schönes.

Was würde seine mysteriöse Fremde von vor so langer Zeit davon halten? Er konnte nicht umhin, sich zu fragen, was sie wohl von der Landschaft halten würde, während er rittlings auf seinem edlen braunen Wallach auf dem Kamm des oberen Hügels in der Nähe seines Hauses saß. Der Geist der Cotswolds schien ihm den Hügel hinauf entgegenzuwehen, ungreifbar und doch lebendig um ihn herum. Was würde sie von den Sternen hier halten? Er wusste, dass er heute Abend draußen sitzen und den Himmel beobachten würde, wie er es noch nie getan hatte, und dabei an sie denken würde.

Peregrine schüttelte den Kopf. Er musste einen Weg finden, um die Gedanken an diese Frau aus seinem Kopf zu verbannen. Er würde sie nie wieder sehen, das war die einfache Wahrheit.

Er trieb sein Pferd den Hügel hinunter zu einer tiefen eingeschnittenen, bewaldeten Schlucht. Den Hügeln und Tälern hier haftete ein Hauch von alter Magie und Geheimnissen an. Das erinnerte ihn an die Geschichten, die er als Junge gehört hatte, von König Artus, der sich mit Merlin im verwunschenen Wald traf. Diese Schluchten waren kalt, still und feucht, aber nicht ganz lautlos. Wenn einer der alten Götter noch in der Welt schlief, dann ruhten sie hier, und ihre Träume waren ein Summen in der leisen Brise, die durch die Äste und über die moosbewachsenen Steine rieselte.

Jenseits der Schluchten lagen kleine goldene Dörfer, die einen direkten und verblüffenden Kontrast zu den Hügeln bildeten. Es waren Orte der Abgeschiedenheit, aber auch Orte voller Lebendigkeit und Wärme. Nachdem er Ashbridge nun schon einige Male besucht hatte, fühlte er sich hier auf eine Weise zu Hause, die er nie für möglich gehalten hätte.

An diesem Morgen hatte Burton die Vorzüge der Cotswolds gepriesen und Peregrine ein Gedicht erzählt, das er als Junge gelernt hatte. Das war Peregrine schon den ganzen Morgen im Kopf geblieben.

Sie war ein Dorf
Von schönem Wissen
Die hohen Straßen ließen sie beiseite, sie war verlassen, eine
Magd ...
Das Wasser rann dahin, die Dämmerung verbarg sie, sie
kletterte auf allen Vieren.
Die braun-goldenen Fenster zeigten die letzten Leute, die noch
nicht schliefen;
Wasser lief, war ein Zentrum der Stille tief,
Unergründliche Tiefen des gespickten Himmels, fast
unergründlich
Geheiligt ein Blick nach oben in blassem Satin von Blau.

DER GEDANKE AN DIESE WORTE WECKTE IN IHM EIN seltsames Heimweh nach dem Zuhause, das er erst vor acht Monaten erhalten hatte. Er trieb sein Pferd zurück in Richtung des Herrenhauses.

Ashbridge war ein altes Haus, aber im Vergleich zu einigen anderen Anwesen in den nahe gelegenen Hügeln galt es noch als neu. Es war kein bröckelndes Schloss mit windigen Gängen. Ashbridge lag in einem abgelegenen Tal am Rande der Cotswolds. Die Weiden und Wiesen waren von einem Amphitheater aus steil ansteigenden Hügeln mit vielen Buchen umgeben. Das Haus selbst war perlgrau und von riesigen Eiben umgeben, und die dazugehörigen Nebengebäude bestanden aus einer Kirche, Scheunen und einer Mühle, die alle im Windschatten eines steilen Abhangs lagen.

Burton hatte ihm erklärt, dass das Haus im Tudorstil erbaut worden war und einige kleinere Renovierungen vorgenommen worden waren, vor allem bei der Inneneinrichtung und der Möblierung. Trotz des fortschreitenden Alters von Großonkel Friedrich hatte er sich in Sachen Inneneinrichtung auf dem Laufenden gehalten. Es gab keine verstaubten mittelalterlichen Einrichtungsgegenstände, keine abgenutzten Bettvorhänge, keine rissigen Holzböden oder verblichenen Wandteppiche. Alles in allem hatte Peregrine während seines Besuchs in Ashbridge Heath wenig zu tun, um sich zu beschäftigen, und so freute er sich nach ein paar Tagen des Grübelns auf die Hausparty von Lawrence Russell.

Peregrine war schon fast aus dem Wald heraus, als er ein graugeschecktes Pferd entdeckte, das in einem schlammigen Sumpf neben der Straße steckengeblieben war. Eine junge Frau zerrte an den Zügeln, und die Geräusche ihres Schluchzens und ihrer Verzweiflung spornten ihn sofort zum Handeln an. Er ritt auf sie zu und hielt in sicherem Abstand an, damit sein eigenes Pferd nicht in den Schlamm rutschte.

»Miss, darf ich Ihnen meine Hilfe anbieten?« Er glitt aus dem Sattel und ließ sein Pferd auf einer Wiese in der Nähe grasen, die sich sicher auf der anderen Seite der Straße befand.

Sie gestikulierte zu ihrem Pferd und hatte Tränen in den Augen. »Oh, bitte, sie sitzt in der Falle.«

Die Frau trug ein karmesinrotes, schlammbespritztes Reitkleid, und der rote Reithut, den sie trug, saß schräg auf ihrem dunklen, glänzenden Haar. Ihr Gesicht war, obwohl es mit Schlamm bedeckt war, schön, aber er hatte schon einmal Schönheit gesehen. Doch ihre Augen rührten etwas in ihm auf. In diesem Moment wollte er alles über sie wissen, aber das Geräusch ihres in Not geratenen Pferdes riss ihn wieder aus seinen Gedanken.

»Das Wichtigste ist, dass Sie ruhig bleiben. Ihr Pferd

kann Ihren Kummer spüren. Genau so, trocknen Sie Ihre Augen.«

Sie schniefte und nickte. »Ja, natürlich. Es ist nur so, dass wir hier schon so lange festsitzen, dass ich befürchte, sie nicht mehr herauszubekommen.« Die Frau wischte sich über die Augen und sah zwischen ihm und ihrem Pferd hin und her. »Ich habe den Schlamm erst gesehen, als es schon zu spät war. Sie begann einfach zu sinken. Oh bitte, Sie müssen sie retten. Ich kann es nicht ertragen, sie zu verlieren.«

»Das werden Sie nicht. Wir werden sie rausholen.« Peregrine untersuchte die Schlammgrube, die sich neben dem Weg gebildet hatte. Es sah aus, als wäre das Ding nicht mehr als einen Fuß tief, und er konnte sich leicht vorstellen, denselben gefährlichen Fehler zu machen.

»Geben Sie mir Ihre Zügel.« Er streckte seine Hände aus, und sie legte die langen Lederstreifen in seine Handflächen. »Holen Sie bitte mein Pferd«, bat er. Währenddessen trat er näher an das Moor heran, löste das Zaumzeug von ihrem Pferd und befestigte die Zügel in einem behelfsmäßigen Geschirr am Hals des Pferdes und machte es am Sattel fest. Auf diese Weise würde das Pferd beim Ziehen nicht erwürgt.

Sie kehrte mit seinem Pferd zurück, und er band die Zügel an den Sattel seines eigenen Tieres, stieg dann auf und trieb sein Pferd vorwärts. Sein Pferd zog kräftig, und das half ihrem Pferd, sich aus dem Schlamm herauszukämpfen, bis das Tier keuchend dastand, die Flanken bebend.

»Geht es ihr gut?«, fragte die Frau.

»Ich denke schon. Aber geben Sie ihr ein paar Minuten, um sich zu erholen.«

Peregrine richtete seine Aufmerksamkeit wieder auf die Frau. Schlammspritzer befleckten noch immer ihre Wangen. Ohne nachzudenken, nahm er sein Taschentuch und tupfte ihr leicht das Gesicht ab. Er fasste ihr Kinn und fuhr fort, ihr Gesicht zu säubern, während sie unschuldig zu ihm aufblickte. Ihre Lippen sahen weich wie Blütenblätter aus, und er versank bald in einen Tagtraum, wie es wohl wäre, sie zu küssen. Dann wurde ihm klar, was er tat, als er diese Frau, die er nicht kannte, so vertraulich berührte.

»Ich bitte um Entschuldigung«, stammelte er, als er einen Schritt zurücktrat.

»Es ist alles in Ordnung. Ich muss furchtbar aussehen.« Sie deutete auf ihr schlammbedecktes Reitkleid. »Wir hatten schon eine ganze Weile zu kämpfen, bevor Sie uns gefunden haben.« Sie errötete. »Mein Name ist Sabrina ... Talley.«

»Es ist mir eine Freude, Sie kennenzulernen, Miss Talley. Ich bin Peregrine Ashby.« Er ließ seinen Titel weg, und die Frau schien seinen Namen nicht zu kennen. Er atmete erleichtert aus. Eine Frau, die nicht wusste, dass er ein Graf war ... Er war versucht, ihre Bekanntschaft zu vertiefen, einfach um ihre Gesellschaft zu genießen, ohne Angst vor einer Heiratsfalle. Aber natürlich, sobald sie sah, wo er wohnte …

»Wohnen Sie in der Nähe?«, fragte er.

»Nein, ich bin zu Besuch. Was ist mit Ihnen?«

»Ich bin vor etwas weniger als einem Jahr hierher gezogen.«

Plötzlich hatte er eine Idee. Es begann mit einem einfachen Wunsch und entwickelte sich schnell zu etwas mehr. Was wäre, wenn er ihre Bekanntschaft vertiefen *könnte*, ohne zu verraten, dass er ein Earl war?

»Ich wohne auf dem Ashbridge-Anwesen. Ich bin dort der Landverwalter. Ich habe ein nettes kleines Häuschen. Sie können mich dort jederzeit besuchen, wenn Sie wollen.« Er zögerte. »Damit will ich natürlich keine unlauteren Absichten andeuten. Ich könnte nur einen Freund gebrauchen.«

Sabrina lächelte. »Ich denke, ich könnte auch einen Freund gebrauchen. Ist Ihr Zuhause sehr weit weg?«, fragte sie.

»Überhaupt nicht weit«, versicherte er ihr.

»Könnten wir dann vielleicht zusammen eine Tasse Tee trinken?«

»Ja, absolut.« Der Gedanke, dass diese Frau mit ihm Tee trinken würde, machte ihn ganz schwindlig. Er hatte eine harmlose Täuschung inszeniert, nur um ein anderes Leben zu führen als das großartige, das ihm das

Schicksal beschert hatte. Guter Gott, Adrian würde ihn auslachen, wenn er das nur wüsste. Seit jener Nacht in seinem Club, in der Adrian Peregrine auf den Gedanken an Liebe und Gesellschaft gebracht hatte, sah er die Frauen in einem anderen Licht. Er hatte Frauen immer respektiert, aber er hatte sich von ihnen ferngehalten, wenn es um eine Beziehung ging, die zu Heiratsgedanken führen könnte.

»Lassen Sie uns ein Stück gehen. So hat Ihr Pferd die Möglichkeit, wieder zu Kräften zu kommen.« Sie gingen eine Weile nebeneinander her, bevor er sagte: »Verzeihen Sie mir, aber Sie haben etwas an sich ... Wir sind uns noch nicht begegnet, nicht wahr?«

»Nein, das ist unmöglich. Bis letzten Herbst habe ich in der Nähe von Guildford gelebt.«

»Waren Sie schon einmal in London?«

»Ja, aber ich bin nicht viel in der Gesellschaft unterwegs gewesen.«

»Hmm ...« Er suchte in seinem Gedächtnis nach einer Zeit, in der er ihr in London begegnet sein könnte. Wenn er sie dort gesehen hätte, wäre sie ihm genauso aufgefallen wie heute, aber im Gedränge der Londoner Menschenmassen war es möglich, dass sie aneinander vorbeigelaufen waren, ohne einander zu bemerken.

»Welche Freunde besuchen Sie? Vielleicht kenne ich sie.« Sie kamen in Sichtweite seines Hauses. Das kleine Hausmeisterhäuschen war diese Woche leer, weil Mr.

Chelton auf der Suche nach Schafen, die er kaufen und zur Aufzucht auf das Land bringen wollte, nach Yorkshire verreist war.

»Vielleicht schon, aber ich kann leider nicht sagen, wer sie sind.« Sie warf ihm einen entschuldigenden Blick zu. »Es tut mir leid, ich bin etwas kryptisch, nicht wahr?«

»Nein, ich entschuldige mich für meine Neugier. Sie können Ihr Pferd in den Ställen ausruhen lassen.« Er winkte einen Stallknecht heran. »Timothy, ich bringe Miss Talley zum Tee in mein Cottage. Bitte sorgen Sie dafür, dass ihr Pferd gut versorgt wird.« Er nickte dem jungen Mann bedeutungsvoll zu, der zu verstehen schien, dass er nicht mit »Mylord« angesprochen werden wollte.

»Äh ... Ja, Sir.«

»Danke.« Dann wandte Peregrine seine Aufmerksamkeit wieder Sabrina zu. »Hier entlang.« Sie betraten das gemütliche Häuschen, und er eilte in die Küche, wo er das Feuer im Herd anzündete und einen Kessel aufsetzte. Die Jahre, in denen er relativ arm gelebt hatte, hatten ihn einige grundlegende Fähigkeiten gelehrt, die ein reicher Aristokrat vielleicht nicht haben würde.

Sabrina kam zu ihm in die Küche und lächelte. »Sie wissen, wie man Tee zubereitet? Die meisten Männer ...«

»... sind keine Junggesellen, die gelernt haben, für sich selbst zu sorgen.« Er zwinkerte ihr zu. »Ich kann nicht nur Wasser kochen und Tee aufbrühen, sondern auch noch ganz andere Dinge.«

»Nun, ich bin beeindruckt. Mein älterer Bruder wuchs in einer ähnlichen Situation auf wie Sie, und es erging ihm weitaus schlechter. Er hat nie verstanden, dass er lernen sollte, für sich selbst zu sorgen, für eine Zeit, in der wir uns keine Diener mehr leisten können.«

»Lassen Sie mich raten, Sie waren diejenige, die sich um ihn gekümmert hat?«

Melancholie überschattete ihre braunen Augen, und das Gefühl, sie irgendwie zu kennen, zerrte an ihm. Er bereitete den Tee zu, und sie setzten sich in den Salon.

»Sie arbeiten also hier? Für den Gutsherrn?«, fragte sie, als sie sich tiefer in den gemütlichen Sessel fallen ließ. Der Schlamm trocknete auf ihrem Reitkleid und rieselte in kleinen braunen Schmutzflecken zu ihren Füßen zu Boden. Er würde ein Dienstmädchen aus dem Haus herüberschicken müssen, um hier drin aufzuräumen, bevor Chelton zurückkam.

»Ich arbeite hier.« Auch wenn es keine vollständige Lüge war, fühlte es sich dennoch unehrlich an, und er hasste es. Aber er wusste, dass der Moment, in dem sie erfuhr, dass er ein Graf war, alles zwischen ihnen verändern würde. Er wollte einfach nur er selbst sein, zumindest mit einem einzigen Menschen.

»Gefällt es Ihnen? Die Arbeit, meine ich.«

»Ja, aber um ehrlich zu sein, gibt es nicht viel. Ich bin es nicht gewohnt, so untätig zu sein.«

»Ich verstehe das Gefühl.« Sie blickte zu dem kleinen

Bücherregal, und ihre Augen leuchteten auf. »Lesen Sie gerne?«

»Ja, es gibt keine größere Freude als die, die man auf den Seiten eines guten Buches finden kann. Aber sagen Sie niemandem sonst, dass ich das gesagt habe. Junggesellen sollten andere Zeitvertreibe haben, solche, die eher als Laster durchgehen.« Er stand auf und ging zu dem Regal hinüber. Es war eine geringe Anzahl von Büchern, das Regal war kaum halb voll, aber er wusste, dass Chelton ein unersättlicher Leser war wie er selbst. Wenn der Steward aus Yorkshire zurückkehrte, würde er darauf bestehen, dass der Mann sich so viele Bände aus Ashbridges Bibliothek mitnahm, wie er wollte.

Sabrina nahm eines der Bücher aus dem Regal und blätterte durch die Seiten. Ihre Augen leuchteten vor Freude. »*Ivanhoe*.«

»Ich habe nur einen Gleichgesinnten gesucht, um das hier zu teilen, und ich habe ihn in Ihnen gefunden«, zitierte er.

Ihre Wangen röteten sich. »Mein Lieblingsspruch war immer: ,Ritterlichkeit!' - ja, Mädchen, sie ist die Amme der reinen und hohen Zuneigung - die Stütze der Unterdrückten, die Wiedergutmachung von Missständen, die Zügelung der Macht des Tyrannen - Adel wäre nur ein leerer Name ohne sie, und die Freiheit findet den besten Schutz in ihrer Lanze und ihrem Schwert.«

Behutsam nahm er ihr den Wälzer ab, während er ihn selbst studierte. »Sie sind auch eine Leserin?«

»Ja«, gab sie zu. »Es half, mir die Zeit zu vertreiben, als ...« Sie brach ab. »Aber das spielt keine Rolle mehr.«

»Warum nicht?«,

»Ich ... Ich zögere, es zu sagen, aber da Sie ja auch selbst einem Beruf nachgehen, werden Sie mir meinen sicher nicht missgönnen.«

»Ihnen die Arbeit missgönnen? Nein, natürlich nicht.«

Erleichterung erhellte ihre Züge. »Ich bin Erzieherin für ein liebes Kind.«

»Eine würdige Ernennung«, sagte er und nickte zu ihrer leeren Tasse. »Noch Tee?«

»Ja, bitte.« Sie folgte ihm in die Küche, wo sie sich jeweils eine weitere Tasse Tee zubereiteten.

»Halten Sie das nicht für einen dummen Beruf?«, fragte sie.

»Nein, das tue ich nicht. Ich kenne solche, die über Erzieherinnen lachen oder sich bitterlich über sie beschweren, aber in der Regel ist es nicht die Schuld der Erzieherin, wenn sie mit einem Schüler nicht zusammenpasst. Die meisten Erzieherinnen sind sehr kluge Frauen, die sich um ihre Schützlinge kümmern. Es ist unfair, sie anders als mutig zu bezeichnen.«

»Das ist so schön zu hören«, sagte Sabrina. »Ich stamme aus einer wohlhabenden Familie, aber nach dem

Tod meiner Eltern ... Nun, mein Bruder war weder begabt darin, unser Vermögen zu verwalten, noch war er klug darin, neues Vermögen zu schaffen.«

»Ah ja, und Sie, das vernünftige und kluge Kind, sind von Geburt an dazu verdammt, ihm zu gehorchen, nur weil Sie eine Frau sind. So ein Unsinn. Frauen können in der Vermögensverwaltung genauso gut oder schlecht sein wie Männer.«

»Ich bin ganz Ihrer Meinung.«

»Sie haben also das Haus Ihres Bruders verlassen und Ihr eigenes Glück gesucht?«

»Genau.«

»Dann tut es mir leid, dass ich Sie hierher gebeten habe. Als Frau von edler Herkunft sorgen Sie sich doch sicher um Ihren Ruf, wenn Sie allein mit einem Junggesellen wie mir gesehen werden?«

»Niemand weiß, dass ich hier bin, und Sie waren sehr freundlich. Würde es Sie denn sehr stören, wenn ich bald wiederkomme?«

»Ich wäre froh darüber, wenn Sie das Risiko nicht scheuen.«

Ihr melancholisches Lächeln zerrte an ihm. »Das macht mir nichts aus. Es gibt so wenig zu schützen, dass es kaum noch eine Rolle spielt.«

Peregrine fragte sich, was sie meinte, aber er fragte nicht, um ihr nicht noch mehr Schmerzen zu bereiten.

Sie schaute auf die Uhr auf dem Kaminsims. »Mein Gott, ist es schon so spät?«

»Ja, ich glaube schon.«

»Oh, ich muss gehen! Es tut mir so furchtbar leid!« Sie stellte ihre Teetasse ab und eilte zur Tür. Er folgte ihr zu den Ställen und vergewisserte sich, dass sie sicher aufsaß.

Dann stand er in der Tür des Stalls und sah zu, wie sie davonritt. Es fühlte sich an, als ob ein Teil von ihm in die Falten ihres Reitgewandes gesteckt und mit ihr fortgetragen worden wäre.

Wer war Sabrina Talley? Es war ihm nicht entgangen, dass ihm innerhalb von acht Monaten zwei Frauen aufgefallen waren und er doch so wenig über beide wusste.

8

Sabrina war immer noch völlig durcheinander, als sie und Celeste bei Mr. Russells Herrenhaus ankamen. Sie war mit getrockneten Schlammspritzern bedeckt, die abgewaschen werden mussten, und sie erlag bereits ihren Schuldgefühlen.

Mr. Lennox hatte ein kleines Vermögen für ihre Garderobe ausgegeben, als er sie als Islas Gouvernante engagiert hatte, und zwar so viel, dass die Modistin eine Augenbraue hochgezogen hatte, als sie ihr bestätigte, dass alle Kleider auch für eine Gouvernante geeignet sein mussten und es sich um Kleider handeln sollte, in die Sabrina ohne die Hilfe eines Dienstmädchens hinein- und herausklettern konnte. Und obwohl die Garderobe in der Tat praktisch war, waren die Schnitte und Stoffe sowohl fein als auch elegant, einschließlich des nunmehr schmutzigen, roten Samt-Reitgewandes, das sie derzeit trug.

Sie glitt von Celestes Rücken herunter, als sie die Ställe erreichte, und bat einen Stallknecht, sich um sie zu kümmern.

»Sie ist in ein Moor gefallen, und ich fürchte, sie könnte verletzt sein. Würden Sie bitte nach ihr sehen?«

»Natürlich, Miss Talleyrand.« Der junge Mann nahm Celestes Zügel, klopfte dem Pferd auf den Hals und sprach beruhigende Worte, während er sie wegführte.

Sabrina stapfte zum Dienstboteneingang des Hauses der Russells hinauf. Diener flatterten unter der Treppe herum. Seitdem die Gäste ins Haus gekommen waren, wie sie und Isla und Mr. Lennox, hatte der Haushalt viel zu tun. Sabrina ging so weit wie möglich aus dem Weg.

»Ah, Miss Talleyrand, da sind Sie ja.« Mrs. Benson, die Haushälterin der Russells, hielt sie in der Halle an und blinzelte dann überrascht. »Was ist passiert, meine Liebe? Geht es Ihnen gut?« Sie berührte besorgt Sabrinas Schulter.

»Mein Pferd ist in ein Moor am Straßenrand gefallen. Sie saß fest.«

»Oh je, geht es ihr gut?«

»Ja, zumindest hoffe ich das.« Sabrina seufzte. »Ein Gentleman kam vorbei und rettete uns.« Sie ließ den Teil aus, in dem sie Mr. Ashby allein in seinem Haus Gesellschaft geleistet hatte.

»Nun, warum nehmen Sie dann nicht ein Bad und ziehen sich um? Isla wird im Kinderzimmer gut aufgehoben sein, bis Sie soweit sind.«

»Vielen Dank, Mrs. Benson.«

Die Haushälterin drückte ihr noch einmal die Schulter, bevor sie ging. Es hatte Sabrina überrascht, dass das Personal genauso freundlich und zuvorkommend war, wie es ihre Herrschaften gegenüber Sabrina gewesen waren. Das wäre in anderen Häusern nicht immer der Fall. Gouvernanten wurden notorisch schlecht behandelt. Sie gehörten weder nach oben noch nach unten und waren deshalb nie vollständig Teil einer der beiden Welten. Manchmal saß sie beim Abendessen mit der Familie zusammen, aber oft aß sie auch mit Isla oder bei anderen Gelegenheiten mit dem Personal. Sie konnte an einigen Aktivitäten teilnehmen, aber nur so lange, wie sie sich um Isla kümmerte, und da Isla so jung war, war es unwahrscheinlich, dass sie viel Zeit mit den Erwachsenen verbringen würde.

Nachdem Sabrina sich gebadet und angezogen hatte, fand sie ihren kleinen Schützling im Kinderzimmer.

»Miss Isla, sind Sie bereit, nach draußen zu gehen?«, fragte sie.

Die kleine Koboldin grinste und nickte, wobei ihre rostroten Locken wippten. »Wird Papa mit uns spielen?«

»Ich bin mir nicht sicher, mein Schatz. Er muss bei

den Erwachsenen sein. Aber wenn wir Glück haben, lässt er uns vielleicht zu ihnen.«

»Um erwachsene Dinge zu spielen?«, fragte das Mädchen.

»Ja, genau. Eines Tages wirst du sie auch spielen.« Sie umarmte das Mädchen, und Isla kicherte wieder.

»Na dann komm schon.« Sie stand auf und nahm Islas Hand in ihre. Sie verließen das Kinderzimmer und stiegen die große Treppe hinunter, gerade als Rafe den Korridor herunterkam.

»Mein Liebling.« Er kniete nieder und öffnete seine Arme für Isla, die sich aus Sabrinas Griff befreite und auf ihn zustürzte.

Sabrina konnte sich ein Lächeln nicht verkneifen. In den letzten Monaten, die sie mit den beiden verbracht hatte, war ihr klar geworden, dass Rafe sein Adoptivkind wirklich liebte.

»Wie geht es dem kleinen Schlingel?«, fragte Rafe.

»Sehr gut. Wir üben unsere Buchstaben, nicht wahr?« Sabrina achtete stets darauf, Isla in das Gespräch einzubeziehen. Das Mädchen nickte Rafe schüchtern, aber stolz zu.

»Das ist mein Mädchen«, lobte er. »Eine Frau, die lesen kann, beherrscht bereits die halbe Welt. Stimmt's, Miss Talleyrand?«

»Ja, Sie haben völlig recht.« Rafe hatte darauf bestanden, dass seine Tochter dieselbe Bildung erfahren sollte, wie sie einem Jungen zuteil werden würde. Kein Thema durfte ausgelassen werden. Sabrina musste zugeben, dass sie in einigen Fächern, z. B. in den Naturwissenschaften, nicht besonders belesen war. Sie tat ihr Bestes, um sich selbst weiterzubilden, jetzt, da sie Zugang zu Ressourcen hatte, aber sie machte sich Sorgen, dass Isla zu gegebener Zeit einen fortgeschritteneren Lehrer brauchen könnte.

»Nun, wir werden einen anstrengenden Tag haben. Miss Talleyrand, würde es Ihnen etwas ausmachen, anwesend zu sein, wenn Isla während der Party bei mir ist?«

Sie grinste sofort. »Natürlich.« Es wäre wahrscheinlich unangenehm, den anderen Gästen auf einer anderen gesellschaftlichen Ebene als ihrer eigenen ausgesetzt zu sein. Dennoch waren ihre Gastgeber, Zehra und Lawrence Russell, unglaublich herzlich und gastfreundlich. Vielleicht würden die anderen Gäste das auch sein.

»Hatten Sie einen angenehmen Spazierritt?«, fragte Rafe, als die drei den Salon betraten.

»Das habe ich, aber dann hat sich die arme Celeste in einem schlammigen Sumpf verfangen. Ich fürchtete, ich würde sie nie wieder herausbekommen.«

Rafes heitere Laune verschwand, und seine Gesichtszüge wurden von Sorge geprägt. »Mein Gott, ist das Pferd in Ordnung?«

»Uns beiden geht es gut. Ein Nachbar von Mr.

Russell ist zufällig vorbeigekommen und hat Celeste gerettet.«

»Oh? War es Lord Rutland? Er ist ein Freund von mir. Ich weiß, dass er gerne reitet und Ihnen begegnet sein könnte, da sein Land an das von Lawrence grenzt.«

»Es war sein Verwalter. Er war ein richtiger Gentleman.«

Rafe setzte Isla auf das Sofa neben sich. »Oh? Ich habe den Kerl noch nicht kennengelernt.«

Sabrina setzte sich ihnen gegenüber auf einen Stuhl. »Was hat Mr. Russell für heute geplant?«

»Ich glaube, wenn die restlichen Gäste eingetroffen sind, wird es Krocket und ein Picknick geben.« Er zupfte an einer von Islas Locken. »Was denkst du, Schatz? Du warst noch nie bei einem Picknick.«

»Was ist ein Picknick?«, fragte Isla mit bewundernswerter Ernsthaftigkeit.

»Nun, schauen wir mal. Eine Gruppe von Menschen sitzt auf einer grasbewachsenen Anhöhe herum und bewundert die schöne Landschaft. Sie essen winzig kleine Sandwiches, vielleicht eine oder zwei Erdbeeren, und trinken etwas Punsch. Dann lungern sie weiter herum. Du aber darfst herumlaufen und Wildblumen auf den Hügeln pflücken oder tun, was du willst.«

»Das klingt lustig, nicht wahr, Isla?«, fragte Sabrina. Das Mädchen nickte und lächelte.

Die Tür zum Salon öffnete sich, und Lawrence

Russell schlenderte herein. Der Mann war groß, hatte dunkelrotes Haar und haselnussbraune Augen, und er war genauso gutaussehend wie alle Russell-Kinder. In einer cremefarbenen Hose und einer dunkelblauen Weste machte er eine gute Figur. Seine Frau Zehra hatte ihr anvertraut, dass sie verblüfft gewesen sei, so viele attraktive Geschwister in einer Familie zu sehen.

»Rafe, da bist du ja. Rutland ist gerade angekommen. Ich dachte, wir drei könnten die Vorbereitung der Krocketfelder beaufsichtigen.« Als Mr. Russell Sabrina erblickte, verbeugte er sich förmlich. »Guten Tag, Miss Talleyrand.«

»Mr. Russell.« Sie nickte ihm zu und öffnete dann die Arme für Isla. Rafe setzte Isla auf ihren Schoß, während er aufstand, um sich zu Mr. Russell zu gesellen.

»Möchten Sie, meine Damen, sich uns anschließen?«, bot Mr. Russell ihr und dem Kind an. »Das Wetter ist schön, und ich kann mir vorstellen, dass Sie den Sonnenschein genießen werden.«

»Ja, das klingt wunderbar.«

Sabrina folgte ihrem Arbeitgeber und Mr. Russell ins Foyer, wo sie mit einem anderen Mann sprachen. Sie kam näher und blieb dann ruckartig stehen, als sie ihn erkannte. Mr. Ashby, der Mann, der ihr geliebtes Pferd gerettet und ihr einen so vergnüglichen Vormittag beschert hatte. Erst vor kurzem war sie mit ihm allein gewesen und hatte in einem gemütlichen kleinen Häus-

chen über Literatur diskutiert. Er war genauso gut aussehend, wie sie noch vor ein paar Stunden geglaubt hatte.
Sie leckte sich über die Lippen, als sie plötzlich merkte,
dass sie ausgedörrt war. Seine gelbbraunen Augen
erblickten sie, weiteten sich schockiert, um dann vor
Vergnügen aufzublitzen, als er sprach.

»Sabrina?«

Ihre Gedanken kreisten vor Aufregung und dann vor
Panik, als ihr klar wurde, dass er sie vor ihrem Arbeitgeber bei ihrem Vornamen genannt hatte.

»Mr. Ashby ...« Sie versuchte verzweifelt, eine
Barriere zwischen ihnen zu errichten, da ihr Arbeitgeber
nun zwischen ihnen beiden hin und her starrte.

»Du kennst meine Erzieherin, Peregrine?«, fragte
Rafe erstaunt.

»Ja«, sagte er langsam. »Ich habe sie heute Morgen
getroffen.«

»Das ist der Mann, von dem ich Ihnen erzählt habe,
Sir. Der Mann, der Celeste aus dem Schlammsumpf
gerettet hat«, sagte Sabrina schnell.

Rafes Blick wanderte schnell zwischen ihr und Mr.
Ashby hin und her. Sie konnte fast sehen, wie er die
Teile zusammensetzte.

»Aber ich dachte, Sie hätten gesagt, der Mann, der
Ihnen geholfen hat, sei ein Landverwalter. Ashby ist
kein Verwalter. Er ist der *Earl* of Rutland.«

Eine Sekunde lang verstand sie nicht, was Rafe

gesagt hatte, dann sanken seine Worte in ihr Bewusstsein ein, und sie versuchte hastig, ihren plötzlichen Schock zu überspielen. Er musste seinen Titel aus einem bestimmten Grund verheimlicht haben, und obwohl sie sich über seine Täuschung ärgerte, wollte sie ihn nicht vor den anderen darauf ansprechen.

»Ich ... Da muss ich mich wohl geirrt haben«, sagte sie. Sie spürte, wie Isla sich an ihre Seite drückte und ihre winzige Hand Sabrinas Hand fest umschloss.

Sabrina bewegte sich unruhig auf ihren Füßen. Alles, was sie in diesem Moment wollte, war, einen Skandal zu vermeiden, in welcher Form auch immer er kommen mochte. Mr. Ashby - Lord Rutland, denn so musste sie ihn jetzt sehen - hatte gelogen, aber sie war sich nicht sicher, warum, und sie war nicht in der Lage, von ihm die Wahrheit zu verlangen. Sie grub die Nägel ihrer freien Hand in ihre Handfläche, der leichte Schmerz brachte ihr die dringend benötigte Konzentration.

»Es ist meine Schuld«, sagte Rutland schließlich. »Ich habe mich nicht richtig vorgestellt.«

Nicht richtig? Das Wort hallte in Sabrinas Kopf wider, als sich ihre Verwirrung in Wut zu verwandeln begann. Er hatte sie darüber *angelogen*, wer er war, und er erklärte nicht, warum. Er hatte ihr gesagt, dass er ein Verwalter sei und für den Grafen arbeite. Und doch war er hier, der Earl of Rutland. Warum hatte er sie angelogen, und warum log er *immer noch,* vor Rafe und Mr. Russell.

Einen Moment lang starrten sie und Rutland einander an. Rafe hustete, und sie wandte ihren Blick ab und schaute zu Boden.

»Nun, jetzt habt ihr euch richtig kennengelernt«, sagte Rafe. »Sollen wir gehen?«

Lord Rutland starrte sie immer noch mit einem seltsamen Gesichtsausdruck an.

»Komm mit, Peregrine. Wir müssen uns um die Wickets kümmern.« Rafe stupste den Earl nicht zu sanft in die Rippen. Rutland blinzelte, als würde er aus seinen Gedanken gerissen, und warf Rafe einen finsteren Blick zu.

Sabrina und Isla blieben in einigem Abstand hinter den drei Herren zurück, während sie voranschritten. Als sie den Rasen erreichten, warteten zwei Lakaien mit einem Dutzend Wickets in ihren Händen.

»Setzen wir uns und schauen zu«, sagte Sabrina zu Isla, als sie vor einer Bank innehielten. Sie half dem Kind, sich auf die Bank neben ihr zu setzen, damit sie die Männer beobachten konnten. Es war von Anfang an klar, dass Lord Rutland und Mr. Russell ein gerechtes Spiel einrichten wollten, aber Rafe war entschlossen, die Wickets so anzuordnen, dass es an mehreren Stellen fast unmöglich war, einen Ball hindurchzuschlagen. Es entbrannte ein ziemlich heftiger Streit, und plötzlich warfen die drei Männer mit Wickets um sich und rannten schreiend und lachend wie wilde Jungs umher. Sabrina lachte über den unreifen Anblick.

Zehra Russell stellte sich neben die Bank von Sabrina und Isla. »Himmel, sie werden nie wirklich erwachsen, oder?«

»Nein, das tun sie nie.« Sabrina rutschte ein Stück an die Seite der Bank und nahm Isla auf ihren Schoß, damit Zehra sich neben sie setzen konnte. Die Frau von Lawrence Russell war schön und hatte eine interessante Vergangenheit. Rafe hatte ihr erzählt, dass Zehras Vater ein persischer Prinz und ihre Mutter die Tochter eines englischen Herzogs war. Mit ihren exotischen Augen und der dunkelgoldenen Färbung ihrer Haut blühte Zehra hier in den Cotswolds auf.

»Wie leben Sie sich ein, Sabrina?«, fragte sie.

»Ziemlich gut. Ich kann Ihnen und Ihrem Mann nicht genug dafür danken, dass ich hier wohnen darf.«

»Natürlich.« Zehra lächelte sie an, bevor sie zu den Männern zurückblickte.

»Zehra ... Was wissen Sie über Lord Rutland?«

Es war ein Risiko, eine solch neugierige Frage zu stellen, aber sie spürte tief in ihren Knochen, dass sie Zehra alle Nachforschungen anvertrauen konnte, die ihr Interesse an dem Grafen offenbaren könnten.

»Nicht viel, fürchte ich. Er ist ein Freund von Rafe. Ich glaube, er ist erst seit letztem Herbst ein Graf.« Zehra verdeckte ihr Lachen mit einer Hand, als Mr.

Russell Rafe mit einem Arm im Nacken packte, so dass Rafe unter Russells Achselhöhle eingeklemmt war, als dieser versuchte, ihn zu Boden zu ringen.

»Kennen Rafe und Mr. Russell einander schon lange?«, fragte Sabrina.

Zehra nickte. »Seit sie junge Männer waren. Ihre älteren Brüder lernten sich an der Universität kennen, und der Rest ist Geschichte.«

»Geschichte?«

»Ja, Sie wissen schon, die Liga der Schurken. Ihre Brüder sind beide Mitglieder«, erklärte Zehra, doch dann weiteten sich ihre Augen vor Schreck. »Sie wissen nicht, wer sie sind?«

Sabrina schüttelte den Kopf. »Sind sie berühmt?«

Zehra lächelte. »Eher *berüchtigt*. Ursprünglich waren es fünf - ein Herzog, ein Graf, ein Baron, ein Marquess und ein Viscount. Sie waren alle notorische Junggesellen, bis sie einen Fehler machten.«

»Was war das für ein Fehler?« Sabrina wurde bereits in ihre Geschichte hineingezogen.

»Sie haben eine Frau namens Emily entführt. Es war nämlich Rache, weil ihr Onkel den Herzog bestohlen hatte, aber damit fing alles an. Diese eine Frau hat die fünf Männer in die Knie gezwungen, und jetzt sind sie alle glücklich verheiratet. Jetzt scheint es, als würde es langsam auch auf ihre Brüder übergreifen. Ich glaube, Lawrence wusste gar nicht, wie einsam er war, bis Lucien geheiratet hat. Männer sind weitaus sozialere Wesen, als sie jemals zuzugeben wagen.« Zehra schenkte ihr ein sanftes Lächeln. »Und sie können auch unerträglich romantisch und süß sein.«

Sabrina dachte an ihren maskierten Fremden und wie sie sich unter den Sternen geliebt hatten. Er hätte so leicht aufstehen und zum Ball zurückkehren können, nachdem er seine eigene Lust befriedigt hatte, aber er war geblieben, hatte nach ihrer Hand gegriffen und sie gehalten, während sie den Himmel betrachteten. Das war romantisch gewesen. Er würde nie erfahren, was es für sie bedeutet hatte, dass er sie festgehalten hatte, als sie so gefährdet war, abzudriften.

»Mein Bester, Rafes Gesicht läuft blau an. Am besten, du lässt ihn auch mal Luft holen!«, rief Zehra und riss Sabrina aus ihrer Erinnerung. Mr. Russell ließ Rafe los, der ihm prompt in den Magen schlug. Der Earl of Rutland beobachtete dieses knabenhafte Schauspiel mit einem amüsierten Grinsen. Dann wandte er sich ab und kam auf sie, Zehra und Isla zu.

Zehra stand auf und reichte dem kleinen Mädchen die Hand. »Isla, komm mit mir, mein Schatz. Warum ringen wir deinen Papa nicht auch mal zu Boden?«

Isla quietschte vor Freude und stürzte sich auf ihren Vater. Rafe fiel zu Boden und bettelte um Gnade, während seine Tochter auf ihm herumkletterte. Zehra stand neben ihrem Mann und beobachtete Rafe und Isla mit einer Zuneigung, die Sabrinas Herz höher schlagen ließ.

»Darf ich mich setzen?«, fragte Rutland.

»Natürlich, Mylord.« Sie wollte diesen gut aussehenden Mann nicht ansehen, selbst wenn er sprach. Sie war immer noch wütend. Dennoch konnte sie nicht leugnen, dass ihr Körper bei seiner Nähe pulsierte. Er legte seine Hand auf die Bank, wobei die Kante seiner Handfläche gerade den Stoff ihres Kleides streifte. Sie versuchte hartnäckig, ihn zu ignorieren. Sie waren zwei Menschen, die auf einer Bank saßen. Das war alles. Sie brauchten einander nichts zu sagen.

»Es tut mir leid, dass ich Ihnen nicht gesagt habe, wer ich wirklich bin. Ich war nicht darauf vorbereitet, meinen Titel mitzuteilen. Ich habe viel zu viele Frauen gesehen, die einen unverheirateten Mann wegen seines Titels, Geldes und seiner Ländereien umschwärmt haben.« Er seufzte, der Klang war schwer.

Sie war so entschlossen gewesen, ihn nicht anzusehen, aber dieses Geräusch kannte sie. Sie verstand diese Müdigkeit, die auf der Seele eines Menschen lastete. Aber sie würde keine Ausreden für ihn erfinden.

»Prahlen Sie mit sich selbst, mein Herr, oder wollen Sie mich beleidigen?«, fragte sie leise und hob ihr Kinn, während sie ihn mit einem, wie sie hoffte, königlichen Blick musterte.

»Er zuckte zusammen. »Weder das eine noch das

andere. Ich beklage mich. Ich bin noch nicht sehr lange Earl of Rutland. Für mich selbst bin ich immer noch Peregrine Ashby.«

Sabrina sah ihn nun doch an, und was sie sah, erfüllte sie mit einer dunklen, wilden Sehnsucht. Der dunkelhaarige Mann mit den braunen Augen erinnerte sie an einen Raubvogel, stark, schnell, intelligent, und doch hatte sie keine Angst vor ihm.

»Dann muss ich zugeben, dass ich Miss Talleyrand bin, nicht Talley. Auch ich habe versucht, mich ein wenig zu verstecken.« Sie wollte ihm vertrauen, aber in der Vergangenheit hatte sie Menschen vertraut und sich als Närrin erwiesen. Ihr Bruder hatte nicht einmal nach ihr gesucht, nachdem sie an diesem schrecklichen Tag aus seinem Haus geflohen war. Sie war erleichtert und verletzt zugleich, nicht einmal vermisst zu werden. Aber es war ein Kapitel, das sie im Buch ihres Lebens abgeschlossen hatte.

Peregrine musterte sie. »Warum wollen Sie sich verstecken?«

Sie zuckte mit den Schultern. »Mein Leben hat sich verändert, und ich bin nicht mehr in der Position, in der ich einmal gewesen bin.«

»Sie sollten sich für nichts schämen. Vor dem letzten Herbst war ich kaum mehr als ein armer Schlucker und verdiente nur wenig Geld in Glücksspieleinrichtungen. Und im Gegensatz zu vielen anderen Männern habe ich eher aus Verzweiflung als aus Vergnügen gezockt. Ich bin nicht stolz darauf, aber ich kann ehrlich sein.« Er hielt ihr einen Ellenbogen hin. »Gehen Sie ein Stück mit mir?«

Sie ertappte sich dabei, wie sie ihre Hand auf seinen Arm legte. »Schämen Sie sich nicht, vor Ihren Freunden mit einer Gouvernante herumzulaufen?«, fragte sie.

Er grinste. »Ich habe in meinem Leben schon weitaus skandalösere Dinge getan, als mit einer hübschen jungen Frau spazieren zu gehen.«

Sie verließen den Krocket-Rasen und gingen in die Gärten. Sabrina konnte nicht umhin, etwas Seltsames zu spüren, ein Déjà-vu-Gefühl.

»Das klingt vielleicht etwas albern, aber ich habe das Gefühl, dass ich das schon einmal gemacht habe«, gab sie zu.

Peregrine legte den Kopf schief. »In den Gärten spazieren gegangen?«

»Ja, nun, nein. Ach, vergessen Sie es. Bitte vergessen Sie, dass ich es erwähnt habe.« Sie wollte nicht, dass er durch das, was sie wirklich meinte, weniger von ihr hielt.

»Würden Sie mir von Ashbridge erzählen?«, fragte sie. »Jetzt, wo ich weiß, dass das gesamte Anwesen Ihr Zuhause ist, würde ich gerne mehr darüber erfahren.«

Daraufhin lächelte Peregrine. »Es ist ein großes Anwesen, und ich habe es in den letzten acht Monaten nur ein paar Mal besuchen können, aber es gefällt mir sehr gut. Mein Butler sagt mir, dass es später im Frühling, wenn alle Blumen blühen, ein toller Anblick sein wird. Es dürfte nur noch einen Monat dauern, bis wir diese prächtigen Farben sehen.«

»Das würde ich gerne sehen. Es ist schade, dass ich nicht hier sein werde.«

»Vielleicht sollte ich Rafe nach dieser Party direkt zu mir nach Hause einladen. Er würde das Kind sicher mitbringen, und deshalb würde er auch Sie mitbringen.«

Sabrina wagte nicht zu hoffen, dass dies geschehen würde. Peregrine war ein geeigneter Junggeselle von dreißig Jahren mit Geld, Land und einem Titel. Nach eigener Aussage war er das Ziel vieler Frauen, die auf der Suche nach einem Ehemann waren, und es war töricht von ihr, auf die Idee zu kommen, dass er sich wirklich für sie interessieren könnte, und zwar auf eine andere als platonische Weise.

Sie löste sich von seinem Arm und ging ein Stück allein weiter, bevor sie sich wieder zu ihm umdrehte. Dann geschah etwas seltsames. In diesem Augenblick war Peregrine verschwunden, und sie sah einen Mann mit einer Maske unter dem Sternenhimmel stehen. Sie verbannte die Erinnerung. Es war zu unheimlich, um an Peregrine und den Mann im Garten zu denken. Sie *waren nicht* derselbe Mann, aber sie wollte im Grunde ihres Herzens so tun, als ob er es wäre.

Zehra hatte von Einsamkeit und Männern gesprochen, aber auch Frauen fielen solchen Qualen wie einsamen Herzen zum Opfer. Und in diesem Moment fühlte sie sich sehr einsam.

»Miss Talleyrand ...«, begann Peregrine, schüttelte dann den Kopf und beeilte sich, sie einzuholen, als sie die Gärten verließen.

Sabrina kehrte zu Isla zurück und er zu seinen Freunden. Sie taten das, was sie tun sollten. Getrennt bleiben. Ein Graf und eine Gouvernante sollten in keinster Weise zusammen sein, so sehr sie sich das auch wünschen mochte.

❧ 9 ❧

»Rafe, wie hast du Miss Talleyrand kennengelernt?«, fragte Peregrine, während er beobachtete, wie der andere Mann seinen Schuss für das zehnte Wicket ansetzte. Die letzten Gäste des einwöchigen Festes waren in der letzten Stunde eingetroffen, und eine ganze Reihe von Damen und Herren hatte sich mit Schlägern in der Hand in der Nähe des Krocketrasens versammelt. Die leichte Brise zerrte an den Röcken der Damen und ließ sie wie einen Schwarm bunter Vögel aussehen, die sich anmutig durch die Gärten bewegten.

»Wie habe ich Sabrina kennengelernt?« Rafe holte aus, und mit einem kräftigen *Plonk!* durchschlug der Ball das Wicket und sprang einen Teil des kleinen Abhangs hinunter auf den Rest des Rasens darunter.

»Ja, Sabrina. Wie hast du sie kennengelernt?«

»Ich bin ihr in einem Gasthaus begegnet, als Isla und ich kurz nach der Party von Lady Germain im letzten Herbst nach London zurückkehrten. Sie hatte kein Geld und überhaupt nur die Kleider, die sie auf dem Rücken trug. Ein Mann griff sie im Stall an, ich griff ein, und sie stimmte zu, mein Angebot als Erzieherin anzunehmen.« Rafe beobachtete Peregrine genau. »Warum willst du das wissen?«

Peregrine versuchte, sich gleichgültig zu geben. »Sie hat eine gewisse Traurigkeit an sich. Das verleiht ihr einen Hauch von Geheimnis, der mich ein wenig neugierig macht.«

Rafe gluckste. »Ein bisschen neugierig? Du, der Mann, der geschworen hat, erst zu heiraten, wenn er muss, interessierst dich jetzt für eine Frau, die eine Ehe *verdienen* würde.«

»Ich denke nicht an Heirat«, gab Peregrine zu und fühlte sich dumm.

»Normalerweise würde ich einen Mann ermutigen, sich die Hörner abzustoßen und so weiter, aber nicht mit *meiner* Erzieherin. Ich mag sie, und Isla mag sie. Ich werde nicht zulassen, dass du sie verführst, nur um eine Tändelei zu haben.«

»Erstens bin ich kein Mann, der verführt«, antwortete Peregrine kalt. »Und schon gar nicht sie. Ich bin nur neugierig.«

»Das sagtest du bereits.« Rafe klang völlig unbeeindruckt, während er Peregrine mit einer Aufmerksamkeit beobachtete, die ihm überhaupt nicht gefiel.

Peregrine war an der Reihe. Kurz bevor er den Ball schlug, warf er einen Blick in Richtung der Stelle, an der Sabrina mit einigen der Damen stand. Sie unterhielten sich, und Isla stand dicht bei ihr, eine Hand im Rock der Frau vergraben. Sabrina sah umwerfend aus in einem hellgrauen Satinkleid mit hellen Rosenknospen, die auf das Mieder und den Saum des Kleides gestickt waren. Sie sah sogar noch stiller und eleganter aus als die Frauen um sie herum.

»Hattest du denn inzwischen Zeit, dich an dein Leben als Graf zu gewöhnen?« Rafe unterbrach ihn in seinen Gedanken.

»Ja, ein wenig, aber nicht annähernd so viel, wie ich gehofft hatte.« Er schlug den Ball, der wild über den Rasen flog und den Fuß des Earl of Lonsdale traf.

»He, pass doch auf, Rutland!«, bellte er und kickte den Krocketball von seinem Stiefel weg. Mehrere Damen und Herren beschwerten sich über die Unterbrechung des Spiels, aber Lord Lonsdale wies sie alle an, sich zu verziehen.

Als Peregrine erneut einen Blick auf Sabrina warf, hielt sie sich eine behandschuhte Hand vor den Mund und versuchte, das Grinsen auf ihrem Gesicht zu verbergen. Peregrine erwiderte ihr Lächeln.

»Du solltest deine Augen lieber wieder in den Kopf stecken, Mann, und woanders nach Spaß suchen«, warnte Rafe.

Peregrine versuchte es. Er tat alles, was ein Gentleman tun sollte, um sich davon abzulenken, sich zu sehr auf eine Dame zu konzentrieren. Aber es war sinnlos. Er konnte die Traurigkeit, die er in ihr gesehen hatte, nicht vergessen, und er wollte etwas tun, um seine frühere Täuschung wiedergutzumachen. Er fuhr eilig zurück nach Ashbridge und stöberte in den Büchern der Bibliothek, bevor er ein paar auswählte, die er ihr heute Abend schenken wollte - natürlich unter dem Vorwand der Freundschaft. An diesem Abend schaffte er es irgendwie, sie vom Salon in den Speisesaal zu begleiten, als alle Gäste zum Abendessen bereit waren.

»Mylord«, begrüßte sie ihn, als er ihr den Arm reichte. Sein Herz gab einen wilden Ruck, als sie ihre Hand auf seinen Unterarm legte, was ihm den Vorwand gab, sie näher an sich heranzuziehen.

Er beugte sich ein wenig vor und neigte seinen Kopf zu ihr, als sie in Richtung Esszimmer gingen. »Miss Talleyrand.« Sie roch nach Wildblumen, ein Duft, der sein Gedächtnis kitzelte und von ihm verlangte, dass er sich an etwas erinnerte, das ihm immer wieder entging.

Er half ihr, sich zu setzen, und beanspruchte dann den Stuhl neben ihr. Der Tisch war groß. Es waren fünfzehn Personen anwesend, so dass er Zeit hatte, mit Sabrina zu sprechen.

»Ich habe ein paar Bücher aus meiner Bibliothek für Sie mitgebracht. Ich dachte, sie könnten Ihnen gefallen.«

»Oh?« Ihre braunen Augen leuchteten auf.

»Ja, einige mittelalterliche Gedichte, die, wie ich Ihnen versichern kann, viel interessanter sind, als sie klingen, und einige sehr gute Ausgaben von Sir Walter Scott, darunter *Ivanhoe*.«

»Danke, Mylord, das würde mich sehr interessieren«, murmelte Sabrina über den Rand ihres Weinglases.

Peregrine konzentrierte sich auf ihre Lippen, die so zart rosa waren, wie die Blütenblätter einer knospenden Rose. Es war eine Farbe, die von zukünftigem Leben sprach, von Küssen, die noch am Horizont zu sehen waren, von Flüstern, das noch geteilt werden wollte, und von süßen Seufzern, die einem Mann die schönsten Träume bescherten.

»Sie starren«, sagte die Frau auf seiner anderen Seite mit leiser Stimme.

Peregrine richtete seine Aufmerksamkeit auf Lysandra Russell, Lawrence' kleine Schwester. Sie war ein exzentrisches Geschöpf, ebenso schön wie intelligent, mit dunkelrotem Haar und warmen, haselnussbraunen Augen, die irritiert aufblitzten, wenn sie mit jemandem sprach, der mit dem schnellen Tempo ihres Geistes nicht mithalten konnte.

»Was?«

»Sie starren die Gouvernante an. Die Leute werden es merken.«

»Sie ist nicht nur eine Gouvernante«, murmelte er zurück.

»Natürlich nicht. Alle Frauen sind mehr als eine einfache Sache«, antwortete Lysandra. »Aber trotzdem sollten Sie vorsichtig sein. Wenn Sie noch viel länger so starren, wird sie sich unwohl fühlen.«

Diese Argumentation überzeugte ihn. Das Letzte, was er wollte, war, Sabrina zu verärgern, da er wusste, wie besorgt sie über ihren Status war. Er richtete seinen Blick wieder auf die Schüsseln und meldete sich höflich zu Wort, wenn er angesprochen wurde. Er hoffte jedoch, bei sich bietender Gelegenheit trotzdem noch einmal mit Sabrina sprechen zu können. Nach dem Essen begleitete er sie mit den anderen Gästen in den Salon.

»Ich sollte mich zurückziehen«, sagte sie zu ihm. »Isla schläft bereits.«

»Bitte bleiben Sie«, flehte er.

Sie verweilte in der Ecke des Raumes. Eine der Frauen begann zu singen, während jemand auf dem Pianoforte spielte. Rafe rief plötzlich nach Peregrine.

»Rutland, du magst Poesie - komm und rezitiere uns etwas.«

Peregrine warf Rafe einen stoischen Blick zu. »Ich habe nichts vorbereitet.«

»Du kennst doch sicher den einen oder anderen Klassiker auswendig - wie alle guten Gentlemen«, antwortete Rafe. Der ganze Raum beobachtete die beiden Männer, die sich einen kurzen Kampf der Blicke lieferten.

»Warum zwingt er Sie, Gedichte zu rezitieren?«, fragte Sabrina im Flüsterton.

»Weil der verdammte Narr die idiotische Vorstellung hat, ich würde Sie von ihm und Isla weglocken. Das ist seine Art, uns voneinander getrennt zu halten.«

Sabrina stieß ein leises Keuchen aus, was seine Aufmerksamkeit auf die Röte in ihrem Gesicht lenkte.

»Dann sollte ich wirklich gehen. Ich darf Mr. Lennox nicht verärgern.« Sie wollte gehen, aber Peregrine riskierte Rafes Zorn, indem er sanft ihre Hand nahm.

»Bleiben Sie noch für meinen gefürchteten Gedichtvortrag?«, fragte er.

Ihr Blick fiel auf seine Hand, und ein Hauch von Rosa kroch über ihre Wangen wie eine langsam erblühende Blume. Sie schien mit sich zu hadern, ob sie seine seltsame Einladung annehmen sollte.

»Nun gut«, seufzte sie. Er sah noch etwas anderes in ihren Augen, aber er wagte nicht, es zu benennen.

»Rutland, *jetzt*, wenn ich bitten darf«, rief Rafe.

Mit großem Widerwillen verließ er Sabrina und stellte sich in den vorderen Teil des Salons, wo alle auf Stühlen und Bänken Platz genommen hatten, um zuzuhören. Peregrine versuchte, den finsteren Blick aus seinem Gesicht zu verbannen, und schärfte seine Gesichtszüge, während er sich vorbereitete.

Zuerst starrte er sie nicht an, sondern schaute in den hinteren Teil des Raumes, so wie er es getan hatte, als er als junger Mann in der Schule Verse hatte aufsagen müssen. Doch schon bald wanderte sein Blick zu ihr, ihre Anziehungskraft war zu stark, um ihr zu widerstehen.

In guten wie in schlechten Zeiten werde ich nicht fliehen
Das Herz zu lieben, das mich liebt.

Das Herz, das mein Herz in solcher Gnade hat
Dass wir aus zwei Herzen ein Herz machen;
Dieses Herz hat mein Herz zu Fall gebracht
Das Herz zu lieben, das mich liebt.

Denn eines, das diesem Herzen gleicht
War nie, ist nie und wird nie sein,
Und so etwas wird es auch nie mehr geben
Das Herz zu lieben, das mich liebt.

Welche Sache mir und den Meinen Anlass gibt
Diesem Herzen der Souveränität zu dienen,
Und diese letzte Zeile noch zu singen:
Das Herz zu lieben, das mich liebt.

Was immer ich sage, was immer ich singe,
Was ich auch tue, das Herz wird sehen
Dass ich mit liebendem Herzen dienen werde
Diesem liebenden Herz, das mich liebt.

Dieser Knoten, der so geknüpft ist, wer wird ihn lösen?
Da wir, die wir ihn knüpften, uns einig sind
Nicht zu verlieren oder zu gleiten, sondern beide zu neigen
Das Herz zu lieben, das mich liebt?

Lebe wohl, du schönstes aller Herzen,
Lebe wohl, liebes Herz, von Herzen zu dir,
Und behalte dieses mein Herz für dich
Wie Herz für Herz, weil du mich liebst.

Als er die letzten Zeilen sprach, schien es, als wären nur noch er und Sabrina zusammen im Raum. Etwas Mächtiges baute sich zwischen ihnen auf, und die Röte ihrer Haut entsprach der Wärme seiner eigenen.

Es herrschte ein langer Moment der Stille, bevor Zehra das Wort ergriff. »Mylord, das war wunderbar.« Die anderen Frauen stimmten alle zu, während die meisten Herren gelangweilt aussahen. Lord Lonsdale saß bereits schlafend auf einem Stuhl, und eine der Damen, die ihm am nächsten standen, stupste ihn an, damit er aufwachte. Er schüttelte sich und stellte fest, dass Peregrine geendet hatte.

Ich sage: »Gut gemacht, Rutland. Ich wusste nicht, dass du so singen kannst. Ausgezeichnete Stimme.« Lonsdale klatschte ein paar Mal, und einige der Frauen unterdrückten ein Kichern.

»Charles«, zischte Lysandra. »Er hat nicht gesungen, sondern ein Gedicht rezitiert.«

»Oh, richtig.« Lonsdale sah Peregrine mit einem sardonischen Lächeln und einem Achselzucken an. Peregrine seufzte. Als er zur Zimmerecke zurückblickte, stellte er fest, dass Sabrina verschwunden war. Sein Herz sank. Sie war nicht geblieben. Er dachte an die Bücher, die er ihr schenken wollte. Er konnte sie jetzt nicht aufspüren - jeder würde wissen, dass sie gemeinsam verschwunden waren, und das würde ihren Ruf nur noch mehr gefährden.

SABRINA LAG WACH IN IHREM BETT UND DACHTE ÜBER das Gedicht nach, das Peregrine vorgetragen hatte. Es war alt, vielleicht sogar mittelalterlich. Es hatte ihr sehr gefallen, und der sanfte Rhythmus, in dem er die Worte gesprochen hatte, hatte etwas in ihr besänftigt, das noch immer verwundet war. Nach all diesen Monaten hatte sie immer noch das Gefühl, dass ein Teil von ihr fehlte. Sie war sich nur nicht sicher, was es war.

Schnell verbannte sie die Gedanken daran und an ihn, oder zumindest *versuchte* sie es. Rafe wollte nicht, dass sie sich mit irgendwelchen Herren trifft, und das sollte sie auch nicht. Dies war kein gesellschaftlicher Besuch. Es war ihre Aufgabe, hier zu sein und sich um Isla zu kümmern, nicht um sich zu vergnügen. Sie war es Rafe schuldig, die Erzieherin zu sein, die er für Isla brauchte.

Nach Mitternacht konnte sie jedoch immer noch nicht schlafen und beschloss, in die Küche zu gehen und ein Glas Milch zu trinken, um zu sehen, ob sie das beruhigen würde. Sie zog ihren Morgenmantel an und schlüpfte aus dem Bett. Der Steinboden war eisig, also schlüpfte sie in ein Paar silberne Pantoffeln und machte sich auf den langen Weg von ihrem Schlafgemach zu den Küchen. Sie stieg die Haupttreppe hinunter, und aus dem Billardzimmer ertönte immer noch das laute Lachen von Männern. Warum Männer so lange wach blieben, würde sie nie erfahren.

In der dunklen Küche angekommen, brauchte sie einen Moment, um ein paar Kerzen anzuzünden, bevor sie einen Topf fand und begann, Milch zu erwärmen. Sie schenkte die weiße Flüssigkeit gerade in ein Glas ein, als sie gestiefelte Schritte vor der offenen Tür hörte.

Peregrine stand da und sah in seinen Wildlederhosen und dem weißen Leinenhemd mehr denn je wie ein stattlicher Mann ohne Sorgen in der Welt aus. Seine karmesinrote Weste, die mit Hirschköpfen aus goldenen Fäden bestickt war, betonte seine breite Brust bis hinunter zu seinen schmalen Hüften und verlieh ihm eine schöne männliche Figur. Eine Sekunde lang erstarrte sie, zu sehr von seinem Anblick fasziniert, ehe sie sich daran erinnerte, dass sie nicht mit ihm allein sein sollte. Das leise Geräusch der Männer, die sich über ihnen vergnügten, hallte die Treppe herunter, aber es verklang, je länger sie ihn anstarrte.

»Miss Talleyrand, es tut mir leid, ich ...« Er räusperte sich. »Was machen Sie denn hier unten?«

»Ich dachte, ein bisschen Milch würde mir beim

Einschlafen helfen.« Sie trat zur Seite, damit er den Kochtopf sehen konnte.

»Oh, ja. Zufälligerweise bin ich auch deswegen hier.«

»Wegen Milch?«

Er nickte. »Und für die.« Er grinste verschämt und zeigte auf den Teller mit den Erdbeertörtchen in der Nähe. »Ich habe ein plötzliches Verlangen nach Süßigkeiten.«

Sie lächelte zurück. »Ich auch.«

»Möchten Sie eins?«

»Meinen Sie, die Köchin wird wütend sein, wenn sie morgen feststellt, dass welche fehlen?«, fragte Sabrina.

»Wenn sie es ist, werden wir Lonsdale und Rafe dafür verantwortlich machen. Einverstanden?« Er streckte eine Hand aus.

Mit einem Lachen nahm sie seine Hand und schüttelte sie. Sie goss noch mehr Milch in den Topf und wärmte ein zweites Glas auf, während Peregrine zwei Törtchen auf ein paar Teller legte. Sie trugen ihre Milch und den geheimen Nachtisch aus der Küche.

»Zur Bibliothek?«, schlug Peregrine vor.

»Glauben Sie, es wird niemand da sein?«

»Um diese Zeit? Mein Gott, nein. Nur die Männer sind noch wach, und ich kann Ihnen versprechen, dass nicht einer von ihnen in der Bibliothek sein wird.«

»Werden sie nicht merken, dass Sie nicht mehr da sind?«

»Sie wissen es, und sie erwarten mich nicht zurück. Ich habe ihnen gesagt, dass ich ins Bett gehe, und das wollte ich auch, bevor ich beschloss, dass ich etwas Süßes brauche.«

Sie wünschte, sie könnte eine Ausrede finden, um selbst direkt ins Bett zu gehen, aber in Wahrheit wollte sie das nicht. Sie wollte ihn wiedersehen. Er hatte etwas an sich, das sie beruhigte und gleichzeitig auf seltsame Weise erregte.

»Sehr gut, führen Sie mich zur Bibliothek.«

Als sie dorthin kamen, setzten sie sich auf zwei Stühle vor dem Feuer.

»Das ist doch ganz nett, nicht wahr?«, fragte er, während sie ihre Nachspeisen genossen.

»Ja«, stimmte sie zu. »Lord Rutland, ich muss Ihnen sagen, dass mir das Gedicht, das Sie heute Abend vorgetragen haben, sehr gut gefallen hat.« Sie konnte nicht umhin, ihm einen Blick zuzuwerfen, und bemerkte, dass er ihr gegenüber dasselbe tat.

»Ich dachte, Sie wären gegangen«, sagte er.

»Nein, ich bin bis zu dem Moment geblieben, in dem Sie damit fertig waren, und dann, während alle von Lord Lonsdale abgelenkt waren, habe ich mich hinausgeschlichen. Ihr Gedicht war wunderschön.«

»Ich danke Ihnen. Ich muss zugeben, dass ich mich bei der Wahl dieses Titels ziemlich inspiriert gefühlt habe.«

Sie schwiegen einen langen Moment, bevor Sabrina sprach. »Mylord ...«

»Peregrine, bitte. Ich möchte, dass wir Freunde werden. Alles, was ich in meinem Verwalterhäuschen gesagt habe, war die Wahrheit. Nur meinen Titel habe ich vor Ihnen geheim gehalten.« Er schaute sie ernst an, und sie war erneut beeindruckt von seinen schönen Gesichtszügen und dem dazu passenden zarten und sanften Herzen.

Dieser Mann war kein herzloser Wüstling, sondern jemand wie sie, dessen Lebensumstände sich unerwartet verändert hatten. In einem anderen Leben hätte sie sich gewünscht, einen Mann wie ihn zu heiraten, aber sie war in der Gesellschaft abgestürzt, während er aufgestiegen war, und nun war die Kluft zwischen ihnen zu groß.

»Ich würde auch gerne Freunde sein«, sagte sie schließlich und nahm erneut ein Stück von ihrem Törtchen, um den letzten Bissen der zuckrigen Süße zu genießen. Sie stellte den Teller auf einen Tisch in der Nähe, denn sie wusste, dass ein Dienstmädchen ihn am Morgen wegräumen würde. Sie schwieg, als er seinen Satz beendete, und überlegte, was sie sagen sollte. Sie hatte tausend Dinge, die sie mit ihm besprechen wollte, weil sie wusste, dass sie mit ihm einfach so reden konnte, aber sie wagte es nicht, sich noch länger in dieser Position zu halten und zu riskieren, entdeckt zu werden.

»Ich sollte jetzt ins Bett gehen.« Sie stand auf, und er beeilte sich ebenfalls aufzustehen.

»Ich habe diese Bücher noch ... Bitte erlauben Sie mir, sie Ihnen zu geben. Bleiben Sie hier, ich komme gleich mit ihnen zurück.«

Sie wartete, immer noch in Nachthemd und Morgenmantel am Feuer, den Geschmack von Zucker auf den Lippen, während sie daran dachte, wie gefährlich das alles war. Seit jener Nacht auf dem Maskenball wusste sie, was zwischen Männern und Frauen im Dunkeln passieren konnte, wenn die Leidenschaft zwischen ihnen aufloderte. Es wäre nur zu leicht, sich mit Peregrine gehen zu lassen, so wie sie es mit dem Mann auf dem Ball getan hatte. Jedes Mal, wenn sie in seiner Nähe war, wurde sie von bittersüßen Erinnerungen an diese sternenklare Nacht heimgesucht.

Sie erkannte, dass es ein Fehler war, auf ihn zu warten, und machte sich auf den Weg zur Tür der Bibliothek, um in ihr Bett zurückzukehren, aber er kam plötzlich zurück, die Arme um einen Stapel Bücher geschlungen. Er legte sie auf den Tisch und hob das oberste an. Es war ein alter Text, der sie an Chaucers *Canterbury Tales* erinnerte. Er schlug es auf einer der ersten Seiten auf.

»Dieses Buch enthält das Gedicht, das ich heute Abend rezitiert habe.«

Sie überflog den Text. »Aber das ist Mittelenglisch. Sie haben es heute Abend nicht in dieser Form rezitiert.«

»Nein, ich bin leider mit dem Mittelenglischen vertraut. Ich habe es an der Universität gelernt, um einem meiner Professoren das Gegenteil von etwas zu beweisen.« Er verschränkte die Arme und lehnte sich mit dem Rücken an die Kante des Lesetisches, seine langen, schlanken, muskulösen Beine zeichneten sich in den Wildlederhosen ab. Eine Sekunde lang war Sabrina von seinem Körper und nicht von seinem Geist abgelenkt.

»Himmel, Mittelenglisch - selbst mir hat es keinen Spaß gemacht, das zu lernen. Wie haben Sie das geschafft?«

»Es war, als würde man einen Zahn ziehen oder eine Schulter wieder einrenken. Ich hoffe sehr, dass ich so etwas nie wieder erleben werde.« Er rückte näher an sie heran, seine Schulter berührte ihre unschuldig, während sie einige der Gedichte las. An ihrem Oberarm, wo sie sich berührten, brannte es, und sie zitterte.

»Ist Ihnen kalt?« Er legte einen Arm um ihre Schultern. Sein Duft umhüllte sie, als er sie näher an sich zog, ein Duft, den sie nur zu gut kannte. Sandelholz und Leder. Träumte sie das? Das konnte doch nicht ... War das möglich? Ihr schwirrte der Kopf bei dem Gedanken, dass dieser Mann tatsächlich derjenige sein könnte, der in so vielen ihrer Träume vorkam. Aber es waren so viele

Monate vergangen, dass sie zugeben musste, dass sie sich irren konnte.

»Mir ist nicht kalt«, flüsterte sie.

Er blickte jetzt auf sie herab, seine Augen waren einladend und warm, während er sich über die Lippen leckte.

Das war falsch. Sie sollte das nicht tun …

Sie *wollte* dies tun.

Und so fasste sie einen schlechten Entschluss, wie schon so oft in ihrem Leben. Sie lehnte sich zu ihm hin und wandte ihm ihr Gesicht zu, gerade als er seinen Kopf zu ihr neigte. Ihre Köpfe stießen mit einem scharfen Geräusch zusammen. Er stöhnte und fasste sich an die Stirn, und gleichzeitig hielt sie eine Hand an ihre eigene und stieß einen kleinen Aufschrei aus.

»Verdammt«, murmelte er. »Es tut mir so leid, Miss Talleyrand.«

»Nein, nein, mir tut es leid«, sagte sie mit einem Seufzer des Bedauerns. Dieses kleine Missgeschick hatte ihren Kopf frei gemacht. Sie sollte nicht einfach irgend-jemanden küssen. Dieser Teil ihres Lebens war vorbei, bevor er überhaupt begonnen hatte.

»Hier, lassen Sie mich mal sehen.« Er ergriff ihr Kinn und drehte ihr Gesicht ins Licht. Vorsichtig untersuchte er ihre Stirn. »Nicht einmal ein roter Fleck. Tut es weh?«

»Nicht sehr«, gab sie zu. »Hauptsächlich mein Stolz. Und Sie?«

»Alles bestens.« Er hielt immer noch ihr Kinn in seiner Hand. »Bitte lassen Sie mich das noch einmal versuchen«, sagte er mit einem sanften Augenzwinkern.

»Was ist mit unserer Vereinbarung, Freunde zu sein?«, fragte sie und hob ihr Gesicht. Wie konnte dieser Mann sie so hoffnungslos mit gefährlichem Verlangen erfüllen?

»Ich habe nie zugestimmt, nur Freunde zu sein. Ich habe gesagt, dass ich Sie nicht verführen werde. Sie verführen *mich*, wenn ich ehrlich bin. Ich bin in Ihren Händen völlig machtlos, Miss Talleyrand.«

»Sabrina, bitte.« Sie wollte so gern hören, wie er ihren Namen sagte. Sie wollte ihrer Fantasie freien Lauf lassen, dass er tatsächlich ihr geheimnisvoller Mann war, der sie gerettet und ihr etwas Magisches gegeben hatte, das sie nie vergessen würde. Eine Liebesnacht unter den Sternen ...

»Sabrina«, flüsterte er ihren Namen mit dieser heiseren Stimme, die von Sehnsucht und mitternächtlichem Hunger erfüllt war.

Dann küsste er sie, und es war genau so, wie sie es sich erhofft hatte. Peregrine legte einen Arm um ihre Taille und zog sie an sich, und sie seufzte genüsslich an seinem Mund.

»Öffne deine Lippen für mich«, sagte er.

Sie zitterte in seinen Armen. Er musste es sein, ihr maskierter geheimnisvoller Mann vom Ball der Lady

Germain. Sie tat, was sie in jener Nacht getan hatte, und öffnete ihre Lippen. Er umfasste ihren Hinterkopf, und seine Hand fuhr durch ihr loses Haar, bis er an den Strähnen zupfte, gerade so sehr, dass sie spürte, wie sehr er im Moment die Kontrolle hatte, aber sie hatte keine Angst. Bei ihm fühlte sie sich beschützt und geschätzt, genau wie in jener Nacht auf dem Ball.

Sie schlang ihre Arme um seinen Hals und drückte sich heftig an ihn, während sie sich ihrem aufkommenden Verlangen hingab. Es verschmolz mit ihrer Sehnsucht nach dem maskierten Mann, den sie auf dem Ball verführt hatte, bis es zu diesem einen *perfekten* Moment geführt hatte.

Ich bin wirklich eine Verführerin.

Der Gedanke ließ sie ein wenig kichern, als sich ihre Lippen voneinander lösten. Er grinste sie an, als er ihre Belustigung sah.

»Was ist es?«, fragte er. Seine Finger massierten ihren Nacken und lösten die letzte Anspannung in ihren Muskeln.

»Es ist nichts. Bitte hör nicht auf, mich zu küssen.« Sie zog seinen Kopf wieder zu sich herunter.

Sie blieben noch lange so, küssten sich im Schein des Feuers, bis sie glaubte, sich selbst zu vergessen und den Raum und seine Umarmung nie wieder verlassen zu können.

Er hob sie auf den nächstgelegenen Lesetisch und

brachte ihren Mund näher an den seinen heran. Sie keuchte, als er seine Hände auf ihre Oberschenkel schob und ihre Röcke bis zu den Hüften hochschob, damit er zwischen ihre gespreizten Beine treten konnte. Dann zog er sie näher an sich heran und drückte ihren Körper fest an den seinen. Die Härte seiner Erregung drückte gegen ihr Inneres, aber er nahm sie nicht. Er küsste sie einfach und hielt sie fest, seine Hände wanderten umher und erkundeten sie gründlich.

»Peregrine«, flüsterte sie gegen seine Lippen.

»Ja?«

»Bitte berühre mich ...« Sie wollte seine Hand zwischen ihren Beinen. Sie wusste, welches Vergnügen seine Berührungen bereiten konnten, und sie sehnte sich so sehr danach, dass sie dachte, sie würde sterben, wenn er sich ihr verweigerte.

»Dich berühren?« Er ließ seine Hand an ihrer Seite hinuntergleiten und strich mit seiner Handfläche über die Kurve ihrer Hüfte, bis er zwischen ihre Beine gelangte. »So?«, fragte er, seine Stimme rau vor Leidenschaft, während er mit einer Fingerspitze durch ihre feuchten Falten strich.

»Ja, dort!«

Er zögerte nicht. Er drang mit diesem Finger in sie ein, erst sanft, dann immer fester, bis sie drängte, ihm näher zu kommen. Sein Mund auf ihren Lippen war jetzt hart, hungrig und fast gewalttätig auf eine Weise, die ihr ein wildes Gefühl gab. Es gab keine Sorgen außerhalb dieses Augenblicks, keine Sorgen für morgen. Es gab nur ihn, der sie berührte, der sie küsste …

Der Höhepunkt erwischte sie so plötzlich, dass sie aufschrie. Er übertönte das Geräusch mit seinen Lippen auf den ihren, und sie schmolz mit ihm zusammen, ohne Knochen und frei. Er hielt sie fest, küsste sie immer noch, aber seine Lippen wurden weicher und drückten süß und flatternd, was ihr Herz zum Beben brachte.

»Du bist wunderschön, wenn du auseinanderbrichst«, flüsterte er ihr ins Ohr. Er küsste ihre Schläfe und hielt sie fest, als ihre zitternden Nachbeben abklangen. Es gab tausend Dinge, die sie ihm sagen wollte, aber sie konnte nicht eines davon herausbringen.

Als sie ins Bett kroch, die Arme voller Bücher, die er ihr mitgebracht hatte, grinste sie wie ein Honigkuchenpferd, ihr Herz war warm und ihr war schwindelig. Sie war sich sicher, dass sie ihren geheimnisvollen Liebhaber gefunden hatte, aber sie konnte es ihm nicht sagen. Sie konnte nur noch die Zeit genießen, die ihr mit ihm blieb, bevor sich ihre Wege wieder trennten.

Sie beschloss, das Risiko einzugehen und sich dieses kleine Vergnügen zu gönnen, solange sie es noch konnte. Es war ja nicht so, dass sie sich um eine zukünftige Ehe Sorgen machen musste. Solange sie nicht zuließ, dass es ihre Fürsorge für Isla beeinträchtigte oder Rafe einen

Skandal bescherte, konnte sie ein wenig Leidenschaft erleben, bevor sie sich einem lieblosen Leben hingab.

Heute Nacht würde sie nur an Peregrine denken und daran, wie das Feuer seine gelbbraunen Augen erhellt hatte, die dem Falken, nach dem er benannt war, so ähnlich waren, und wie sie sich darin völlig und vollkommen verloren hatte.

❧ 10 ❧

Beim Mittagessen grinste Peregrine immer noch wie ein Idiot am Esstisch. Die letzte Nacht war wunderbar gewesen. Wann immer er mit Sabrina zusammensaß und sich mit ihr unterhielt und sie in seinen Armen hielt, fühlte er sich wieder wie bei Lady Germain. Irgendwie hatte der Blitz zweimal eingeschlagen. Er hatte es nicht für möglich gehalten, mit einer anderen Frau dieselbe unvorstellbare Leidenschaft zu empfinden, nachdem er mit dieser geheimnisvollen Feenkönigin unter den Sternen Liebe gemacht hatte.

Doch Sabrina hatte ihm dieses Gefühl der Magie zurückgebracht. Das war es, was ihm in den vergangenen Monaten in seinem Leben gefehlt hatte. Die schmerzhafte Einsamkeit, die er als Earl of Rutland empfand, war nicht nur gemildert worden, sondern verblasste, je mehr er an Sabrina dachte.

»Hast du genug von Kanarienvögeln, oder was?«, fragte Rafe, während Peregrine seinen Teller mit Essen füllte.

Peregrine setzte sich gegenüber von Rafe. »Kanarienvögel?«

»Du siehst aus wie ein zufriedener Kater, der ein paar Vögelchen zu viel gefressen hat.«

Die gute Laune von Peregrine wankte ein wenig. »Nein, ich habe zum ersten Mal seit Monaten wieder gut geschlafen, das ist alles.«

Rafe räusperte sich unbeeindruckt. »Nun, du solltest sich besser benehmen«, erinnerte er ihn.

Die Tür zum Speisesaal öffnete sich, und ein Strom von Damen kam herein. Als letzte kam Sabrina herein, die Isla an der Hand hielt. Peregrine starrte auf das schöne grüne Kleid, das sie trug und das am Rücken von einer dunkelblauen Satinschärpe gerafft wurde. Das Kleid selbst hatte den Farbton von Sommergras, wie ein perfekt gepflegter Rasen. Ihr dunkles Haar war mit einer Schleife im Nacken nach hinten gezogen und nicht wie üblich hochgesteckt. Sie führte Isla zu einem Stuhl neben Rafe und setzte sich dann auf Islas andere Seite.

»Guten Tag, mein Schatz.« Rafe küsste seine Tochter unter dem Kinn, sein offenes Lächeln war eindeutig voller Liebe für sein Kind.

»Guten Tag, Papa.« Isla begrüßte ihn mit einem ebenso breiten Grinsen wie ihr Vater.

»Wir werden heute Nachmittag eine Schnitzeljagd veranstalten«, kündigte Zehra an, als die letzten Gäste zum Mittagessen im Speisesaal eintrafen. Einige der Männer am Tisch murrten, und Lawrence stand auf.

»Aber aber, wir werden es schon interessant machen. Zunächst werden zufällige Paarungen gebildet. Ich werde alle unsere Namen auf Zettel schreiben und sie aus einer Schüssel ziehen. Die Gewinner erhalten ein neues Hengstfohlen aus den Ställen von Viscount Sheridan. Ein Vollblüter, der von einer seiner Araberstuten geboren wurde. Sie bekam Zwillinge, und er war so freundlich, den Gewinnern eines von ihnen zu stiften. Ich werde ihn in London benachrichtigen und ihm das glückliche Paar nennen. Das Gewinnerpaar kann die Besitzverhältnisse des Fohlens unter sich ausmachen.«

Bei dieser Ankündigung setzten sich plötzlich alle Männer am Tisch auf, auch Rafe.

Lonsdale grinste. »Nun, das ändert die Dinge. Ich habe jahrelang versucht, Cedric dazu zu bringen, mir ein Pferd zu verkaufen, und jetzt verschenkt er einfach eins.« Lonsdale schob seinen leeren Teller beiseite und stand auf. »Na dann mal los. Bilden wir Paare und fangen wir an!«

Lawrence gluckste, als Zehra ihm ein Stück Papier reichte. Er kritzelte die Namen aller Anwesenden darauf und riss dann das Papier in Streifen. Er faltete jeden Namen zusammen und legte ihn in eine weiß-blaue Porzellanschale. Er wirbelte die Namen mit seinen Fingern in einer übertrieben dramatischen Weise herum. Sowohl Lonsdale als auch Rafe schienen bereit zu sein, Lawrence niederzuschlagen und die Namen selbst herauszuziehen. Peregrine versuchte, nicht zu lachen. Als Lawrence schließlich zu sprechen begann, verstummte der ganze Raum.

»Zehra, du spielst mit ...« Lawrence suchte nach einem zweiten Namen. »... Alexandra.«

Zehra lächelte ihre Partnerin an, die Frau von Ambrose Worthing, einem Mann, den Peregrine erst gestern kennengelernt hatte, den er aber sofort mochte.

»Als Nächstes, Rafe, wirst du mit ... Darlington spielen.«

Rafe tauschte ein listiges Grinsen mit Vaughn Darlington aus, der am Ende des Tisches neben seiner Frau Perdita saß. Der Viscount war einst ein ziemlich berüchtigter Mann gewesen, wenn man dem Klatsch und Tratsch Glauben schenkte, aber seine Vernunftehe mit Perdita hatte sich zu einer romantischen Liebesheirat entwickelt.

Rafe und Darlington wären ein gefährliches Paar. Peregrine wusste, dass sie beide kluge Männer waren.

»Schauen wir mal ... Der Nächste bin ich.« Lawrence legte den Zettel mit seinem Namen auf den Tisch. »Und an meiner Seite Gareth.« Er nickte Gareth Fairfax zu, einem ruhigen, aber respektvollen Mann in den Mittdreißigern, der ganz verrückt nach seiner süßen und lebhaften Frau Helen war. Peregrine hatte es genossen, diese neuen Paare kennenzulernen. Es gab nicht einen unter ihnen, den er nicht mit Stolz als seinen Freund bezeichnen würde.

»Helen, du bist mit Ambrose zusammen.« Lawrence schwappte die restlichen Namen in der Schüssel hin und her. »Und Linus, du mit Perdita.«

Linus, der jüngste Bruder von Lawrence, lächelte Vaughans dunkelhaarige Frau schüchtern an.

»Wer ist noch übrig?«, fragte Lawrence und schaute sich am Tisch um.

»Ich, verdammt noch mal«, sagte Lonsdale.

Lawrence lachte wieder. »Charles, du spielst mit … oh … Lysandra.«

Lonsdale grinste Rafe bösartig an. »Na, na, Rafe. Ich habe die klügste Person im Raum als meinen Partner. Stimmt's, Lysa?« Lonsdale warf Lysandra ein charmantes Lächeln zu. Die junge Frau errötete.

»Sie mag die Klügste sein, aber sie muss sich trotzdem mit dir herumschlagen«, schoss Rafe zurück. »Nenn es ein Handicap.«

»Das heißt also, dass Miss Talleyrand mit Rutland zusammen spielt«, beendete Lawrence und ignorierte das verbale Geplänkel von Rafe und Lonsdale.

Peregrine konnte sein Glück nicht fassen. Er war mit Sabrina zusammengebracht worden. Er straffte seine Gesichtszüge, um seine Aufregung zu verbergen, aber zum Glück war Rafe mit seinem Streit mit Lonsdale beschäftigt.

»Machen wir es interessant«, sagte Rafe zu Lonsdale. »Hundert Pfund für das Gewinnerpaar.«

»Abgemacht.« Lonsdale schüttelte Rafe die Hand.

Lawrence meldete sich zu Wort. »In Ordnung, Zehra hat Hinweise für jedes Paar. Sie wurden von unserem Butler vorbereitet, der ein Händchen für diese Art von Dingen hat. Ihr habt zwei Stunden Zeit. Wer den letzten Hinweis findet, wird zum Sieger erklärt.«

Peregrines Herz raste, als er und Sabrina Blicke austauschten. Er hatte zwei Stunden Zeit mit ihr zu verbringen, und Rafe konnte nichts dagegen sagen.

Alle bildeten Paare, und Zehra verteilte den ersten Hinweis. Die restlichen Hinweise befanden sich an versteckten Stellen, die zum letzten Hinweis führten. Wenn sie das erste Ziel entdeckt hatten, sollten sie dort den neuen Hinweis lesen und dann wieder an die Stelle legen, wo sie ihn gefunden hatten.

Sabrina erhielt den Zettel mit der Kopie des ersten Hinweises. Sie und Peregrine gingen zusammen mit der kleinen Isla zum Fenster, um es bei besserem Licht zu lesen. Peregrine hob Isla auf einen Stuhl in ihrer Nähe, damit sie das Papier sehen konnte, obwohl sie gerade erst lesen lernte.

»Hinweis Nummer eins«, las Sabrina leise vor.

Runzle nicht die Stirn, ich habe mich klar ausgedrückt.

Es macht keinen Unterschied, ob du in meiner Nähe bist.

Stell dich vor mich unter dem Sternenlicht,

Und ich werde dir genau zeigen, wie die Welt dich kennen wird.

Peregrine wiederholte murmelnd die Worte. »*Sternenlicht* ... Nun, es ist noch nicht Nacht und wird es auch nicht sein, bevor die Herausforderung beendet ist, also muss es etwas anderes sein.«

»Ja, genau mein Gedanke«, stimmte Sabrina zu. »Und es muss etwas sein, vor dem man steht ... Der Kamin?«

Peregrine schaute sich automatisch im Speisesaal um. Die anderen Paare waren bereits verschwunden. Sie waren allein, und der Kamin befand sich ihnen gegenüber.

»Aber das Feuer macht nichts klar. Es brennt, und der Rauch vernebelt.«

»Sterne!«, sagte Isla mit einem Kichern. Sowohl Sabrina als auch Peregrine blickten überrascht auf sie hinunter.

»Was hast du gesagt?«, fragte Sabrina.

Das kleine Mädchen klopfte auf das Papier. »Sterne! Ich weiß, wo es Sterne gibt.«

»Wirklich? Wo?«, fragte Peregrine.

Sie kletterte vom Stuhl herunter und wollte den Raum verlassen. Peregrine und Sabrina folgten ihr, bis sie das Musikzimmer erreichten. Sonst war niemand drinnen. Der runde Raum war mit goldenen Vertäfelungen und pastoralen Szenen von dicken Schafen und drallen Schäferinnen, die sich auf Hügeln räkeln, geschmückt. Es gab einen großen Kamin aus weißem Marmor, und darüber befand sich ein großer Spiegel.

Peregrine sah sich um, aber Isla zerrte plötzlich an seiner Hose. Als er zu ihr hinunterschaute, zeigte sie nach oben. Er und Sabrina neigten beide den Kopf zurück, um die Decke zu sehen, die mit dunkelblauer Farbe und Hunderten von goldenen Sternen bedeckt war.

»Mein Gott«, kicherte Peregrine. »Ich glaube, wir haben hier das wahre Genie. Wer hätte gedacht, dass dieses Küken eine Meisterin des Rätselns ist?« Er bückte sich, um das Kind hochzuheben, und wirbelte es zur Belohnung herum. Sabrina warf ihm einen intensiven Blick zu, während sie ihn anlächelte.

Sabrina trat an den Kamin heran und sah sich die Ränder an. »Wo ist der nächste Hinweis?« Sie entdeckte einen Zettel im gebogenen Hals eines goldenen Schwans, der in den Sockel des vergoldeten Rahmens des Spiegels eingelassen war. Peregrine und Isla schlossen sich ihr an. Er legte seinen Arm um Sabrinas

Schultern, als sie gemeinsam den nächsten Hinweis lasen.

Mein Pfeil ist spitz, und mein Ziel ist richtig,

Aber ich werde dich nicht täuschen oder betrügen.

Blass wie Asche, wenn es heiß brennt,

Doch warm bin ich nicht.

Peregrine streichelte Sabrinas Hüfte und genoss das Gefühl ihrer Wärme an ihm. Er amüsierte sich wirklich, und er konnte in ihren Augen sehen, dass sie es auch tat. Diese Schnitzeljagd hatte etwas spielerisch Intimes, und er wünschte sich, sie würde nicht so bald enden.

»Pfeile ... Gibt es hier auch Bilder von Kriegern oder Soldaten?«, fragte er sie.

»Nein, ich glaube nicht«, überlegte Sabrina. »Zumindest kann ich mich nicht erinnern, etwas gesehen zu haben. Pfeile wären alt, also am ehesten Wandteppiche, aber ich kann mich auch nicht an welche mit Pfeilen erinnern.«

»Was ist mit dem nächsten Teil?«, fragte Peregrine. »Was ist bleich wie Asche, aber kalt, wenn man es berührt?«

»Etwas Weißes«, sagte Sabrina selbstbewusst. »Aber kalt, wie Stein. Vielleicht eine Waffenkammer?«

»Es ist möglich. Aber gibt es in diesem Haus eine Waffenkammer?«, fragte Peregrine.

»Nein, ich glaube nicht, dass es hier so etwas gibt.«

Sabrina knabberte an ihrer Lippe. »Es ist der Pfeil, den ich nicht einordnen kann.«

»Warten Sie ...« Peregrine dachte an die Besichtigung des Hauses von Lawrence zurück. »Es gibt eine Galerie mit Marmorstatuen. Sie würden sich kalt anfühlen ... Was meinen Sie?«

»Das ist eine Untersuchung wert«, stimmte sie zu.

Sie verließen das Musikzimmer und gingen den Korridor hinunter, vorbei an Rafe und Vaughn, die in der Tür zum Morgenraum flüsterten. Die beiden Männer hörten sofort auf zu reden, als sie Peregrine und Sabrina entdeckten.

»Papa, wir haben Sterne gesehen!«, sagte Isla.

Rafe verengte seine Augen. »Du hast was gesehen?«

»Sterne.« Isla kicherte, aber Sabrina legte eine Fingerspitze an ihre Lippen, und Isla bedeckte ihren Mund mit einer Hand, um sich zum Schweigen zu bringen.

»In Ordnung, meine Liebe. Wo hast du diese Sterne gesehen?« Rafe ging auf seine Tochter zu.

»Das glaube ich nicht. Diese brillante kleine Kreatur ist in unserem Team.« Peregrine hob Isla auf und trat einen Schritt zurück, um sie von Rafe fernzuhalten.

»Viel Glück.« Dieses Mal war Sabrina diejenige, die kicherte, als die drei Rafe und Vaughn zurückließen.

Die Galerie, in der die Marmorstatuen standen, war ein langer Raum mit hohen Fenstern auf der einen Seite und einem großen Wandteppich gegenüber. In der Mitte des Raumes standen sechs Marmorkreationen. Die meisten von ihnen waren leicht als römische Statuen zu identifizieren. Eine der Skulpturen trug Pfeil und Bogen und war viel kleiner als die anderen. Aus seinem Rücken waren zwei kleine Flügel geschnitzt worden.

»Das ist Eros - Amor!«, rief Sabrina begeistert. »Eine Marmorstatue, die weiß ist und kalt aussieht, und sie hat auch einen Pfeil und Bogen.«

Unter den Flügeln auf dem Rücken der Statue war ein weiterer Papierstreifen versteckt. Peregrine nahm das Papier in die Hand und flüsterte die Worte, da die Geräusche in der Galerie widerhallten. Sabrina beugte ihren Kopf nahe zu seinem. Während er sprach, strich er ihr eine Haarsträhne zurück, die sich aus dem Band gelöst hatte.

Schau nicht nach Westen, denn das ist meine Prüfung,
Die Sonne geht in meinen Augen auf,
Weit darüber hinaus, wo die Krähe fliegen kann.

»Wenn man nicht nach Westen schaut, schaut man nach Osten?«, rief Sabrina. »Wenn man bedenkt, wo die Sonne aufgeht, ist das auch Osten.«

Peregrine nickte aufgeregt. »Ja, und wenn man etwas für weiter weg hält, als dass die Krähe fliegen könnte, muss es der Ferne Osten sein ... China! Was ist mit der Feuerwand im chinesischen Salon?«

Sie eilten in den nächsten Raum und durchsuchten den schwarz-goldenen Kaminschirm, um einen weiteren

Hinweis zu finden, der zwischen den gefalteten Teilen eingeklemmt war. Sabrina las die Worte auf dem Papier. Der letzte Hinweis.

Dies ist mein letzter Atemzug, aber nicht mein Tod,
Denn ich bin der Herr des Donners,
Doch niemand wird mein Gold rauben.

»Herr des Donners ... Könnte es sein ...« Peregrine stellte sich den mächtigen goldenen Zeus-Brunnen vor, der sich in Lawrence' Garten befand.

»Ja! Oh, wir sollten uns beeilen.« Sabrina und Peregrine verließen das Zimmer mit Isla zwischen ihnen und eilten zu den Stufen der Terrasse und dann hinunter in die üppigen Gärten des Russell-Hauses. Ein großer quadratischer Teich in der Mitte des Gartens beherbergte eine große goldene Statue, die zu groß war, um sie zu stehlen - *die kein Mensch plündern konnte.* Die Gestalt des Gottes blies den Wind aus seinen Lippen, und es kam nur Wasser heraus.

»Sein letzter Atemzug, aber er ist nicht tot. Meine Güte«, murmelte Sabrina.

Rafe und Vaughn erschienen hinter ihnen auf der Terrassentreppe, und auf der anderen Seite des Hauses waren Lonsdale und Lysa zu sehen. Peregrine sah, wie die anderen Männer zu rennen begannen.

»Wir sollten uns lieber beeilen.« Zum Glück hatten er und Sabrina einen Vorsprung.

»Laufen Sie, ich bleibe bei ihr.« Peregrine schloss Isla

in seine Arme. »Los, Sabrina!«, zischte er. Mit einem begeisterten Lachen raffte Sabrina ihre Röcke und lief geradewegs auf die Statue zu, wo sie eine Schriftrolle erblickte, die unter einem der Arme von Zeus steckte.

Hinter ihr ertönte ein Schrei, aber sie blieb nicht stehen und schaute nicht zurück. Sie ergriff die Schriftrolle und drückte sie an ihre Brust, woraufhin sie innehielt und tief durchatmete, bevor sie sich wieder der Terrasse zuwandte. Peregrine hielt Isla immer noch in seinen Armen, aber zu seinen Füßen lag ein Gewirr von Männerkörpern. Charles, Rafe und Vaughn waren auf halber Strecke zwischen ihr und der Statue auf dem Rasen übereinander gefallen. Lysandra stand nicht weit entfernt und hielt sich den Mund zu, um nicht zu lachen. Charles und Rafe rangen miteinander, als sie sich voneinander lösten und aufstanden. Vaughn bürstete das Gras auf eine weitaus würdevollere Weise von seinen Sachen ab.

»Gut gemacht, Miss Talleyrand«, sagte Vaughn höflich. Charles und Rafe wiederholten dies murmelnd.

Peregrine zwinkerte ihr hinter den anderen Männern zu und tat so, als ob er seinen Fuß ausstreckte. Er hatte die anderen zu Fall gebracht, um ihr eine Chance zu geben. Es wäre eine knappe Sache geworden, wenn er es nicht getan hätte.

»Oh? Ist das Rätsel schon gelöst?«, rief Perdita, als sie zusammen mit Linus an der Tür des Hauses erschien, die zur Terrasse führte. Hinter ihnen folgten die übrigen Teams nach draußen.

»Ja, Sabrina hat es geschafft«, sagte Rafe und nickte ihr zähneknirschend zu.

»Das war nicht ich allein. Lord Rutland und Isla haben ebenfalls mitgeholfen.« Sabrina errötete heftig, während sie minutenlang mit Lob überschüttet wurde.

»Lesen Sie die Schriftrolle!«, rief Linus.

Sie holte tief Luft und begann zu lesen.

Herzlichen Glückwunsch, Rätsellöser, du hast diese Aufgabe gemeistert,

Und für diesen glühenden Sieg sollst du nun unsere Gastgeber fragen,

Welchen vorteilhaften Preis sie für dich haben,
Aber bitten Sie die Köchin nicht um Erbsen.

Sie brach in Gelächter aus.

»Erbsen?«, fragte Zehra verwirrt. »Oh je, unserem Butler sind wohl die richtigen Reime ausgegangen.«

»Nun, er hat Recht«, fügte Lawrence hinzu. »Um Gottes willen, frag unsere Köchin niemals nach Erbsen. Ich kann sie nicht ausstehen.«

»Nun, um was wollen Sie bitten?«, forderte Charles. »Machen Sie es gut.«

Sabrina, immer noch errötet, schüttelte den Kopf. »Alles, was ich mir gewünscht hätte, ist bereits in Erfüllung gegangen. Sie haben mich so herzlich aufgenommen. Dafür kann ich Ihnen nicht genug danken.«

Zehra und Lawrence tauschten zufriedene Blicke aus.

»Nun, der Fohlenpreis bleibt bestehen. Und alles, was Ihnen einfällt, werden wir für Sie tun«, versprach Zehra ihr.

»Und ich werde Cedric einen Brief schreiben, um ihm mitzuteilen, wem das Pferd gehört. Eine Aufteilung des Eigentums zwischen Ihnen und Rutland.«

»Ich verzichte auf mein Recht auf das Fohlen. Bitte gebt es Miss Talleyrand.« Wenn er etwas für sie tun konnte, war er gerne bereit, ihr ein Pferd zu schenken, das, wenn sie in der Lage war, es zu pflegen, recht profitabel sein und ihr zu einem gewissen Maß an finanzieller Unabhängigkeit verhelfen würde. Das hatte sie verdient, nach allem, was sie durchgemacht hatte.

Sabrina wandte sich mit fassungslosem Blick an Peregrine. Er lächelte sie nur an, und das versetzte ihr ein wildes Flattern im Bauch. Der Mann mit der Mitternachtsmaske erfüllte ihr jeden Traum. Sie konnte sich nicht vorstellen, dass ein Mann bereitwillig sein Eigentumsrecht an einem potenziellen Rennpferd aufgeben würde.

»Nun, es ist fast Essenszeit. Sollen wir uns zurückziehen und umziehen?«, schlug Lawrence vor.

Rafe kam, um seine Tochter aus Peregrines Armen zu holen, und das kleine Engelchen klatschte in die Hände.

»Wir haben gewonnen, Papa!«

»Das habe ich gesehen, Liebling. Das nächste Mal kommst du aber mit in meine Mannschaft.«

»Ich glaube, das nennt man Betrug«, informierte Charles Isla. »Und das darfst du nie gegen deinen Papa tun.«

Isla sah zwischen den beiden Männern hin und her und kicherte.

»Soll ich sie nehmen, Mr. Lennox?«, fragte Sabrina. »Sie braucht wahrscheinlich Ruhe nach all der Aufregung.«

»Ich werde Sie begleiten, damit wir die Sache mit dem Pferd besprechen können«, fügte Peregrine hinzu.

»Danke, Miss Talleyrand«, sagte Rafe und warf einen warnenden Blick auf Peregrine.

Sabrina führte Isla zurück ins Kinderzimmer, und Peregrine blieb an ihrer Seite, als sie das Mädchen ins Bett brachte. Die ganze Zeit über spürte sie seinen Blick auf sich.

»Sie muss müde sein, nachdem wir heute Nachmittag durch das Haus gerannt sind«, überlegte Peregrine.

Sabrina strich Isla die Haare aus dem Gesicht und küsste sie auf die Stirn. Sie hatte sich bis über beide Ohren in dieses Kind verliebt.

Sie erhob sich von dem kleinen Bett. »Sie ist ein so wunderbares Kind. Wenn man bedenkt, dass sie ein Waisenkind war ... Sie hat Glück, dass sie Rafe hat.«

»Und er hat Glück, dass er sie hat«, fügte Peregrine hinzu, als sie wieder in den Korridor traten. »Ich habe ihn noch nie so glücklich gesehen. Sie bringt ihn zum Strahlen.«

»Das tut sie, nicht wahr? Die Liebe hat diese Wirkung.«

Peregrines gelbbraune Augen leuchteten. »Waren Sie schon einmal verliebt?«

»Ich ...« Sie dachte an ihn in jener Ballnacht und daran, wie er ihr das gegeben hatte, was sie am meisten gebraucht hatte, und wie er jetzt dasselbe tat. »Ich glaube, das war ich vielleicht. Was ist mit Ihnen?«

Ein sanfter, vertrauter Blick legte sich auf sein hübsches Gesicht. »Ich glaube, das war ich auch.« Er umfasste ihr Kinn, und sie schloss die Augen. Seine Lippen waren weich und warm, als er sie küsste, und entfachten das Feuer in ihr, das sie in jener Nacht unter den Sternen zum ersten Mal bei ihm entdeckt hatte. Nach den heutigen kleinen Herausforderungen war sie davon überzeugt, dass er es war, auch wenn Küsse allein nicht Beweis genug waren. Egal, wie gering die Wahrscheinlichkeit gewesen war, sie hatte ihn gefunden, und doch blieb ihr so wenig Zeit, das Zusammensein mit ihm zu genießen.

Er küsste ihren Kiefer und ihren Hals, berührte Stellen, die sie innerlich erzittern ließen. »Bin ich verrückt, weil ich so viel für dich empfinde?«, flüsterte er ihr ins Ohr. »Sag mir, dass ich nicht allein damit bin.«

Sie konnte die Wahrheit nicht leugnen. »Ich muss auch verrückt sein.« Sie strich mit den Fingerspitzen über seinen kräftigen Kiefer und starrte ihn einfach an. Liebe auf den ersten Blick war nur ein Märchen. Aber Liebe bei der ersten Berührung, beim ersten Tanz, beim ersten Kuss - *das* war etwas, an das sie zu glauben begann.

»Was sollen wir jetzt tun?«, fragte er sie, und in seinen hellen, goldenen Augen lag eine gewisse Sorge.

»Ich weiß es nicht ...«

Es vergingen drei glückliche Tage, an denen Sabrina mit den anderen Gästen Rasenspiele spielte, an idyllischen Hängen faulenzte und in den Gärten spazieren ging. Und fast jeden Augenblick war sie in der Nähe von oder bei Peregrine.

Sie hatten Dutzende von Momenten, in denen sie gemeinsam die Stille genossen, aber auch Momente, in denen sie mehr über ihr Leben, ihre Hoffnungen und Träume und all die Dinge, die sie beide tun wollten, sprechen konnten. Peregrine hatte den Wunsch zu reisen, genau wie sie, aber keiner von ihnen hatte in seinem Leben eine Chance gehabt - zumindest bis jetzt, was Peregrine betraf. Für ein paar kurze Tage hatte sie die Möglichkeit gehabt, von einem Leben zu träumen, das niemals ihres sein würde.

Jetzt wusste Sabrina, dass der heutige Abend ihr letzter Abend im Hause Russell sein würde. Die Hausparty war endlich zu Ende. Rafe, Isla und sie würden morgen nach London zurückkehren. Da Sabrina das wusste, wollte sie keinen weiteren Moment mit nur gestohlenen Küssen vergeuden.

Sie schrieb Peregrine einen Zettel und schob ihn unter seiner Tür durch. Hoffentlich würde er ihre Nachricht nach dem Abendessen sehen. Dann ging sie hinunter in den Speisesaal, wo die anderen schon warteten.

»Es ist so eine schreckliche Sache, nicht wahr?«, flüsterte Perdita Alexandra zu. Die beiden Frauen standen in der Nähe von Sabrina.

»Ja, es ist einfach schrecklich, wenn ein Mann gezwungen wird, eine lieblose Ehe einzugehen, aber warum muss er das tun?«, fragte Alexandra.

»Weil er seinen Titel als Graf geerbt hat und nun seine Pflicht erfüllen muss, und man erwartet von ihm, dass er eine geeignete Frau heiratet. Er kann nicht unter seinem eigenen Titel heiraten.«

»Er muss unglaublich unglücklich sein«, seufzte Alexandra. »Ich wünschte, wir könnten etwas tun.«

»Ich stimme zu, aber es gibt nichts zu tun.« Die beiden Frauen wurden leiser, und Sabrina bemerkte, wie ihre Blicke plötzlich zu Peregrine wanderten. Hatten sie über ihn gesprochen? Musste Peregrine jemanden aus der gleichen Gesellschaftsschicht heiraten, um seinen Titel durch einen geeigneten Erben zu sichern? Wenn das stimmte, hatte sie keine Chance, jemals gut genug zu sein, um ihn zu heiraten. Das bestärkte sie nur in ihrem Entschluss, ihn heute Abend zu sehen und so viel Freude wie möglich mit ihm zu haben, bevor sie ihn gehen lassen musste.

Der Gong zum Abendessen ertönte, und sie schaute sich nach Peregrine um, der sie wie schon seit ihrer Ankunft jedes Mal hinein begleitete, aber er sprach gerade mit Zehra am anderen Ende des Raumes.

Lord Darlington bot ihr einen Arm an. »Erlauben Sie mir. Es scheint, dass unsere Partner derzeit beschäftigt sind.« In Darlingtons Tonfall lag eine Zärtlichkeit, die Sabrina ein Lächeln entlockte. Er wirkte so einschüchternd und grüblerisch, doch wenn man mit ihm zu tun hatte, war er alles andere als das. Laut Zehra hatte die Ehe den einst berüchtigten Schurken zum Besseren verändert.

»Danke, Mylord.« Sie nahm seinen Arm, und sie gingen in den Speisesaal, wo sie Smalltalk hielten, während Vaughn sie zu ihrem Platz begleitete.

Einen Moment später setzte sich Peregrine neben sie und murmelte eine Entschuldigung. Sie hatten ihr Bestes getan, um ihre Anziehungskraft füreinander zu verbergen, aber heute Abend hatte sie das Gefühl, dass jeder sehen konnte, dass sie ihr Herz auf einem Silbertablett mit sich herumtrug.

»Wie geht es Ihnen heute Abend, Miss Talleyrand?«, fragte Peregrine höflich.

»Sehr gut, und Ihnen, Lord Rutland?«

»Ebenfalls sehr gut.« Sie spürte, wie er ihr Knie unter dem Tisch berührte, und legte ihre Hand auf die seine.

»Also, Miss Talleyrand, wann werden Sie Ihr Fohlen in Besitz nehmen?«, fragte Lord Lonsdale sie.

»Oh, mein Gott. Ich bin mir nicht sicher. Ich habe Celeste, aber ich muss einen Ort finden, wo ich sie unterbringen kann.«

»Ich helfe gerne dabei«, bot Rafe an. »Wenn wir nach London zurückkehren, werden wir uns mit Cedric treffen und dafür sorgen, dass das Fohlen, sobald es alt genug ist, in meine Ställe kommt. Es gibt darin genug Platz für Celeste und das neue Pferd.«

»Eigentlich, Mr. Lennox, habe ich mir gedacht, ich würde das Fohlen gerne an Isla verschenken, da ich bereits Celeste habe. Wenn er nicht zu einem guten Rennpferd wird, kann sie später auf ihm reiten lernen.«

Daraufhin schaute Charles finster drein. »Oh, jetzt verstehe ich dein Spiel, Rafe. Du hast Miss Talleyrand überzeugt, ihn dir zu geben, nicht wahr?«

»Das habe ich nicht. Wie kannst du es wagen!«, knurrte Rafe zurück.

Sabrina spannte sich an und erwartete fast, dass sich

die Männer prügeln würden. Lonsdale brach in ein arrogantes Grinsen aus.

»Bitte, Lord Lonsdale, es ist ein Geschenk für das Kind, nicht für Mr. Lennox.« Doch die beiden Männer ignorierten sie.

»Die Sache auf die übliche Weise regeln?«, fragte er Rafe.

Rafe grinste zurück, aber seine Miene war finster. »Natürlich.«

Sabrina beugte sich zu Peregrine hinüber. »Was glauben Sie, ist diese übliche Weise?«

Er zuckte mit den Schultern. »Ich habe keine Ahnung. Und ehrlich gesagt, habe ich Angst zu fragen.«

Lysandra spähte um Peregrines andere Seite herum. »Sie werden beide trinken, bis der erste Mann zusammenbricht.«

Sabrina blinzelte. »Was? Aber das ist ...«

Lysa verdrehte die Augen. »Idiotisch? Ja.«

»Ich nehme an, dass wir Männer dort sein werden, nachdem ihr Damen euch zurückgezogen habt«, seufzte Peregrine, der offensichtlich nicht in der Stimmung für ein solches Verhalten war. Sabrina wollte ihm von dem Zettel erzählen, aber hoffentlich würde sie nach dem Abendessen die Gelegenheit haben, es zu erwähnen.

Als das Essen beendet war, verließen die Damen die Herren und versammelten sich im Salon. Während ihres Aufenthalts war es Sabrina jeden Abend gelungen, sich zu verdrücken. Obwohl alle Damen sie willkommen geheißen und Freundschaft mit ihr geschlossen hatten, fühlte sich Sabrina immer noch unsicher, wo sie als Gouvernante in solchen Momenten sein sollte.

Zehra hielt ihren Arm fest, als sie gehen wollte. »Sabrina, bleiben Sie. Ich unterhalte mich sehr gerne mit Ihnen. Sie brauchen nicht wegzulaufen. Lawrence und ich betrachten Sie als Gast, nicht als Mitarbeiterin von Rafe.«

»Sie sind wirklich zu nett zu mir.« Sabrina konnte Zehra nichts abschlagen. Sie hatte Lawrence und seine ruhige, intelligente Frau so sehr liebgewonnen. Sie hatten ihr die Gesellschaft geboten, die sie sich gewünscht hatte, als sie so isoliert im Haus ihrer Familie gelebt hatte.

Zehra führte sie zu einer Sitzgruppe. »Komm, setzen Sie sich doch zu mir.« Die anderen Damen versammelten sich zum Kartenspielen an einem Tisch ein Stückchen hinter ihnen.

»Und jetzt sagen Sie mir, werden Sie bleiben?«, fragte Zehra mit gedämpfter Stimme.

»Bleiben?«

»Bei Lord Rutland.«

»Was?« Sabrina schluckte schwer.

»Sie und ...« Zehra wurde blass. »Oh, Himmel, Sabrina. Ich dachte, Sie und er hätten sich geeinigt und seien heimlich verlobt. Bitte entschuldigen Sie meine Vermutung.«

»Nein, das ist in Ordnung. Ich ...« Sabrina war sich nicht sicher, was sie sagen sollte. Aber sie wusste, dass sie nicht zugeben konnte, eine Beziehung zu Peregrine zu haben. Das würde Peregrine und Rafe in den Augen der anderen in ein schlechtes Licht rücken.

Zehra streckte die Hand aus und ergriff Sabrinas Finger. »Bitte sagen Sie, dass Sie mir vergeben. Ich hätte es nicht gesagt, wenn ich nicht gedacht hätte ...«

»Es gibt nichts zu verzeihen, wirklich.«

Zehra wechselte kunstvoll das Thema. »Sie werden also mit Rafe zurück nach London gehen. Sagen Sie mir, ist er wirklich so ein guter Vater, wie er zu sein scheint?«

»Ob Sie es glauben wollen oder nicht, er ist es. Es ist etwas Wunderbares, ihn und Isla zusammen zu sehen, wie eine seltsame Art von Magie.«

»Zwei verlorene Seelen, die zueinander finden - ein Mann, der geboren wurde, um Vater zu sein, und ein Kind, das ihn verdient.« Zehra berührte ihren Bauch und beugte sich dann vor. »Ich habe in letzter Zeit so viel an Babys gedacht, und wenn das, was ich spüre, wahr ist, werde ich Lawrence bald unser erstes Kind schenken. Wir haben uns sehr ernsthaft mit der Aufgabe befasst.« Sie errötete, und die beiden Frauen brachen in Gelächter aus.

»Das ist wunderbar, Zehra. Ich freue mich so für Sie beide.«

Zehras blaue Augen leuchteten. »Ich gebe zu, ich bin ziemlich aufgeregt wegen dieser Aussicht. Es wäre wunderbar, hier auf dem Land Kinder großzuziehen.«

»Sie sollten mir nach London schreiben und mir erzählen, wie es läuft«, sagte Sabrina.

Es wäre so schön, Briefe von jemandem zu erhalten, den sie als Freundin zu sehen begann. Bis zu dieser Woche im Russell-Haus hatte sie nie bemerkt, wie allein sie sich fühlte, aber sie fühlte sich sehr einsam. So lange war sie in einem stillen, verzweifelten Leben gefangen gewesen, dem sie bis zum Ball von Lady Germain nie hatte entkommen können. Das Zusammenleben mit Rafe und Isla hatte die Einsamkeit etwas gemildert, aber nicht ganz. Sie würde immer eine Gouvernante sein, und sie wollte etwas viel Größeres sein ... nur nicht für Rafe.

»Nun, ich sollte mich zurückziehen. Ich muss mich für unsere Heimreise ausruhen.« Sabrina wollte ihre neuen Freundinnen hier nicht verlassen, aber sie wollte auch nicht Peregrine verpassen, wenn er heute Abend in ihr Zimmer kommen würde.

Die anderen jungen Damen umarmten sie herzlich, bevor sie sich auf den Weg nach oben machte. Auf halber Höhe der Treppe hielt sie inne und lauschte den Männern, die im Billardzimmer tranken und Zigarren rauchten. Sie sandte einen leisen Gedanken aus, in der Hoffnung, dass er sie irgendwie hören würde.

Bitte komm zu mir, Peregrine. Gib mir nur noch eine Nacht der Freude ...

»WIE ICH SEHE, IST RUTLAND DER EINZIGE MANN, DER das Trinken aushalten kann«, sagte Rafe, während sein Glas Brandy auf den Teppich des Billardzimmers schwappte.

»Er kann es aushalten ... weil er nichts trinkt«, brummte Charles.

Charles und Rafe hatten ihren Alkoholkonsum so weit gesteigert, dass beide Männer sich nun auf ihre Billardstöcke stützten, um aufrecht zu bleiben. Die absurde Frage der Ehre war noch nicht zwischen ihnen geklärt.

Vaughn, Peregrine, Lawrence und Linus sahen diesem Kampf zu, während sie ihre eigenen Gläser größtenteils beiseite gestellt hatten.

»Nein, es ist Darlington, auf den ein Mann aufpassen muss«, sagte Charles und schwenkte sein Glas in Richtung Vaughn. »Er kann trinken, und doch sieht man ihm nie an, dass er betrunken ist. Was ist dein Geheimnis, Darlington?«

»Zauberei«, erklärte Vaughn, ohne zu zögern. Es war

ein so ernster Tonfall, dass die beiden betrunkenen Männer sich umdrehten und ihn anstarrten.

»Hat er gesagt ...?«, begann Rafe.

»Das hat er«, bestätigte Charles.

Peregrine verdrehte die Augen. Er war müde, und der Gedanke, diesem betrunkenen Billardspiel weiter zuzusehen, ließ ihn nicht gerade begeistert zurück. Außerdem wollte er heute Abend Sabrina treffen. Morgen würde sie abreisen, aber es gab noch einige Dinge, die er ihr sagen wollte.

»Ich gehe jetzt schlafen, meine Herren.« Peregrine ignorierte die gutmütigen Beleidigungen über seine Verfassung, als er den Raum verließ.

Als er seine Kammer erreichte, fand er einen Zettel, den sein Diener auf dem Boden hinterlassen haben musste. Er bückte sich, hob ihn auf und begann, die Nachricht zu lesen, doch dann wurde ihm klar, dass es keine Nachricht von seinem Diener war. Es war von Sabrina.

PEREGRINE,

Wir haben nur noch eine Nacht zusammen. Bitte komm zu mir, nachdem die Lampen in den Korridoren heruntergedreht wurden. Du hast mir in der letzten Woche so viel Freude bereitet, und ich sehne mich nach einer letzten Erinnerung an dich.

S.

· · ·

ER STARRTE AUF DEN ZETTEL, DANN HOLTE ER EILIG seinen Morgenmantel und einen Kerzenständer. Er zündete die Kerze an und überprüfte den Korridor. Die Lampen waren bereits gelöscht worden. Sie würde auf ihn warten. Er bewegte sich lautlos in den gegenüberliegenden Flügel des Anwesens, wo sich das Kinderzimmer und Sabrinas Zimmer befanden.

Er klopfte leise an Sabrinas Tür und hielt den Atem an. Sein Herz raste, und er hatte ein seltsames Déjà-vu-Gefühl, als ob er das schon einmal gemacht hätte. Einen Moment lang geschah nichts, und er befürchtete, dass sie bereits eingeschlafen war. Dann öffnete sich die Tür, und Sabrinas Gesicht erschien im Spalt.

»Bin ich zu spät?«, flüsterte er.

Sie schüttelte den Kopf und zog ihn sanft ins Zimmer, wobei sie sein Hemd festhielt. Als sie die Tür geschlossen und verriegelt hatte, stellte er die Kerze auf den Tisch neben ihrem Bett.

»Sabrina, wir müssen reden ...«

»Nicht reden, bitte. Ich will einfach nur vergessen, was morgen sein wird.«

Er fühlte sich unsicher, aber sie schien entschlossen zu sein, ihn alles andere vergessen zu lassen, außer dass sie in dieser Nacht zusammen waren. Sie zog ihr Gewand aus und stand nackt da, ihr langes dunkles Haar fiel in wilden Wellen über ihre Schultern. Er war noch nie in seinem Leben so in Versuchung geraten, außer an jenem einen Abend bei Lady Germain. Und doch waren jene Nacht und diese Nacht so unterschiedlich. Sabrina war real, greifbar, kein Traum.

»Ich glaube, du solltest dich auch ausziehen«, sagte sie mit einem nervösen Lächeln. Er ging auf sie zu und legte seine Handflächen auf ihre Schultern.

»Wir müssen das nicht tun, wenn du es nicht willst.«

Sie lehnte sich an ihn und stützte ihren Kopf gegen seine Schulter. »Peregrine, ich fühle mich mit dir verbunden, und morgen muss ich in mein Leben zurückkehren. Ich wollte eine letzte Erinnerung mit dir. Ich weiß, du bist ein Gentleman, aber ich will heute Abend keinen Gentleman. Bitte sei unanständig mit mir.«

Sie rieb ihre Wange an seiner Brust, und er spürte dieses wilde Flattern in seinem Inneren, wie ein Schwarm Stare, die sich in die Lüfte erhoben. Er konnte fast spüren, wie ihre unsichtbaren Flügel gegen den Käfig seiner Rippen flatterten.

»Unanständig sein?«, wiederholte er, und sie nickte. »Warum ich? Von allen glücklichen Männern, die du hättest wählen können?« Er musste es wissen. Er war nie etwas Besonderes gewesen. Er war nicht gutaussehender als andere Männer. Hatte sie so gefühlt, bevor sie erfahren hatte, dass er der Earl of Rutland war? Oder hatte sich das von dem Moment an aufgebaut, als sie sich kennenlernten und er ihr half, ihr Pferd zu retten?

Sie zog sich ein wenig zurück und sah zu ihm auf. »Weil du *mich* siehst, nicht irgendeine arme Frau, die von anderen abhängig ist. Bei dir fühle ich mich auf die beste Art und Weise wie ich selbst, wie zu Hause.« In ihren braunen Augen standen tausend Geschichten, die er für den Rest seines Lebens enträtseln wollte, aber sie hatten nur den heutigen Abend.

»Dann wäre es mir ein Vergnügen.« Er kippte ihr Kinn zurück, damit er sich in ihren sanften Augen verlieren konnte. Er war wie besessen von diesen Augen, wie sie leuchten, brennen, schimmern und glänzen konnten, wenn sie verspielt wurde oder leidenschaftlich sprach. Er könnte ihr ewig in die Augen sehen.

Er küsste sie sanft, verlor aber schnell die Kontrolle und ließ bald seine eigene Leidenschaft von seinen Lippen auf ihre fließen. Sie arbeitete an seiner Krawatte, entfaltete sie und ließ sie von seinem Hals gleiten, bevor sie sich an die Knöpfe seiner Weste machte.

»So.« Sie lachte vor Vergnügen, als sie ihm die Weste abnahm. Dann zog er sein Hemd aus der Hose und streifte es sich über den Kopf.

»Ich hatte noch keine Gelegenheit, dich zu berühren«, sagte sie, während sie mit ihren Handflächen über seine nackte Brust fuhr. Wo immer sie ihn streichelte, brannte seine Haut auf die sinnlichste Weise.

»Vorher?«, fragte er wie benebelt.

»Als ... als wir uns die letzten paar Male geküsst haben.« Sie griff nach seiner Hose, und er konnte sich nicht wehren. Und ganz gewiss wollte er das auch nicht.

FAST WÄRE ES SABRINA HERAUSGERUTSCHT, DASS SIE zusammen auf dem Maskenball gewesen waren. Zum Glück konzentrierte er sich darauf, wie sie ihn berührte, denn einen Moment länger, und sie würde ihre eigene Selbstbeherrschung verlieren. Irgendetwas an Peregrine Ashby machte sie völlig wahnsinnig.

Seine Brust war wunderschön, ganz harte Muskeln mit einem Hauch von dunklem Haar, das sie bewunderte, als sie mit ihren Handflächen darüber strich. Er atmete scharf ein, als sie mit einer Fingerspitze über eine seiner Brustwarzen strich.

»Habe ich dir wehgetan?«, fragte sie.

»Nein.« Seine raue und tiefe Stimme jagte ihr einen Schauer weiblicher Sehnsucht über den Rücken. »Es fühlt sich zu gut an«, gab er zu. »Und ich kann es kaum erwarten, mich zu revanchieren.«

»An mir?« Sie hob fragend den Blick zu ihm. Er ergriff ihre Hände und presste sie an seine Lippen, drückte einen langsamen, heißen Kuss auf die Mitte jeder Handfläche.

»Du hast dir etwas Unartiges gewünscht, und das sollst du auch bekommen.« Er beugte sich vor, hob sie hoch, trug sie zum Bett und legte sie darauf. Er zog seine Stiefel und Strümpfe aus, ebenso wie seine Hose. Sie hatte nur einen Moment Zeit, seine herrliche nackte Gestalt zu sehen, bevor er zu ihr aufs Bett kroch und sich neben sie legte. Sie streckte die Hand aus und berührte seine nackte Schulter und dann seine Hüfte. Er kicherte und beugte sich vor, wobei er ihre Arme auf beiden Seiten des Bettes festhielt.

»Wenn ein Mann sehr verrucht ist, genießt er es, seine Geliebte zu necken. Er küsst sie an allen Stellen, die er erreichen kann, an Stellen, die sie kitzeln und zum Lachen bringen. Orte, die ihr Blut mit Quecksilber füllen.«

»Zeig es mir«, flehte Sabrina ihn an. Sie wollte sich einen Moment lang so fühlen, wie in jener Ballnacht mit ihm, als hätte sie eine Welt voller Freuden und nicht voller Sorgen vor sich.

»Du hast wunderschöne Brüste«, flüsterte er. »Fast zu groß für Männerhände.«

Er umfasste eine Brust und drückte sie sanft, bevor er seinen Kopf nach unten beugte und eine ihrer Brustwarzen zwischen seine Lippen nahm und daran saugte. Wie ein Blitz schoss das Vergnügen durch ihren Körper, und sie keuchte und krümmte sich unter ihm. Seine Lippen verstärkten ihren Druck, und sie bäumte sich auf, als sich eine feuchte Hitze zwischen ihren Schenkeln aufbaute. Dann ließ er ihre Brustwarze los und küsste sich einen Weg hinüber zu ihrer anderen Brust. Dabei ließ er auch eine Hand an ihrem Körper hinuntergleiten, bis zu der geheimen Stelle zwischen ihren Schenkeln. Sie öffnete ihre Beine, denn sie wusste, welche Freuden als nächstes kommen würden. Er tauchte einen Finger in sie ein, um sie zu reizen. Sie wimmerte frustriert und hob ihre Hüften.

»Du willst es, nicht wahr, meine Süße?«

Sie nickte verzweifelt. »Ja, bitte ... Peregrine.« Sie brauchte ihn so sehr, dass sie fürchtete, den Verstand zu verlieren.

Er eroberte erneut ihre Lippen und liebkoste ihren Mund, während er einen Finger tief in sie hineinschob. Als ihre Münder sich schließlich trennten, damit sie beide zu Atem kommen konnten, schrie sie auf, als er sie immer heftiger streichelte und ihr Orgasmus sie einhüllte und mit unsichtbaren Händen an sich drückte.

»Genau so, meine Liebe. Loslassen und einfach fühlen.« Dann bewegte er sich über sie, seine Hüften richteten sich zwischen ihren Schenkeln ein, und dann drang er mit einem schnellen Stoß in sie ein. Sie warf den Kopf zurück, und er hielt still.

»Es tut mir leid, wenn dir das wehtut. Bitte, das geht vorbei, ich verspreche es«, flüsterte er sanft in ihr Ohr, bevor er sie küsste.

»Es tut nicht weh«, versicherte sie ihm. Er hielt sie für eine Jungfrau, aber sie war es nicht, und sie wollte nicht, dass er aufhörte.

»Mach weiter«, ermutigte sie ihn.

»Geht es dir gut?«, fragte er.

»Es ist alles gut. Bitte, hör nicht auf.« Das Verlangen brannte in ihr, und sie konnte an nichts anderes denken als daran, wie wunderbar es sich anfühlte, mit ihm verbunden zu sein. Er zog sich zurück und fuhr mit wachsender Intensität wieder hinein. Er dehnte sie und füllte sie aus, und das Gefühl, wie sein Schaft in sie hinein- und herausglitt, war so köstlich, dass es ihr die Tränen in die Augen trieb.

Peregrine war wie ein lebendig gewordener Gott, sein Körper ein göttliches Werkzeug für ihr Vergnügen. Das Feuer tobte zwischen ihren Körpern. Sie zog seinen Kopf wieder zu sich herunter und küsste ihn mit einer Verzweiflung, die sie nicht hatte herauslassen wollen. In diesem Moment, als ihr zweiter Höhepunkt sie einholte, verlor sie den Halt an allem, was ihr Selbstvertrauen ausmachte. Sie wurde zu einem neuen Geschöpf wiedergeboren, das sich nach diesem Mann und der Wärme seines Körpers und seiner Seele sehnte.

Er versteifte sich über ihr, jeder Muskel war starr, als er sich in ihr ergab. Sie hielt sich an ihm fest und genoss ihr eigenes Vergnügen, während es langsam verblasste. Aber die Gefühle, die sie jetzt hatte - die gleichen wie in jener Nacht - wurden nicht schwächer. Sie vergrub sich tiefer in ihm, genoss das Gefühl, von seinen Armen umschlungen und von seinem rauen, muskulösen Körper umgeben zu sein. Er hatte sich heute Abend bei ihr eingebrannt, und es war ihr egal. Sie würde immer zu diesem Mann gehören, ganz gleich, wie viel Zeit vergehen würde.

Sie drückte ihm einen Kuss auf die Schulter. »Danke, Peregrine.« Er küsste ihren Scheitel, und die zärtliche Geste ließ ihre Brust ein wenig flattern. Sein Atem strömte hart gegen ihren Hals, während er sich erholte. Dann bewegte er ihre Körper, bis sie beide unter der Decke lagen.

»Darf ich bei dir bleiben?«, fragte er. Sein Ton war so zögerlich für einen Mann, der normalerweise so stark und selbstbewusst war.

Sie nickte und rückte näher an ihn heran, denn sie wollte nicht, dass das alles ein Ende nahm.

»Gut, denn es hätte mich sehr viel gekostet, mich dazu zu bringen, dich jetzt zu verlassen.«

Er strich mit den Fingerknöcheln über ihre Wange und strich ihr das Haar aus dem Gesicht. Sie wünschte sich, dass die Sterne über ihnen wären, dass sie wieder im Gras auf der Wiese lägen und nebeneinander den Blick in den Himmel schweifen ließen.

»Sabrina, du wirst es mir sicher nicht glauben, aber so

wie ich für dich empfinde, habe ich noch für keine andere Frau empfunden.«

»Ich fühle dasselbe wie du, aber bitte sag jetzt nichts mehr. Wir dürfen das nicht kaputt machen.«

Er drückte ihr einen Kuss auf den Scheitel und sagte nichts mehr.

§ 12 §

Sabrina war allein, als sie aufwachte. Ein Teil von ihr war erleichtert, dass Peregrine so geistesgegenwärtig gewesen war, ihr Bett zu verlassen, bevor ein Dienstmädchen sie zusammen entdeckte. Doch Sabrina hatte nicht gewollt, dass ihr Abend endete, und nun war es so weit. Der Morgen war gekommen.

Ein Gefühl der Melancholie überkam sie, als sie sich unter der Bettdecke hervorzwang. Sie zog ihren Morgenmantel an und begann, ihre Reisekleidung auf dem Bett auszulegen. Sie war bereits angezogen, bevor ein Dienstmädchen kam, um ihre Sachen zu packen, und ging dann auf die Suche nach ihrem kleinen Schützling im Kinderzimmer.

Isla war angezogen und freute sich auf das Frühstück,

und so gingen sie Hand in Hand nach unten. Die meisten anderen Gäste beendeten ihre Mahlzeiten, und Sabrina hatte Gelegenheit, sich von ihren Gastgebern und den anderen neuen Freunden zu verabschieden. Sie half Isla beim Frühstück, und Rafe fand sie in der Eingangshalle, nachdem sie fertig waren.

»Nun, wir haben gepackt und sind abfahrbereit, wenn Sie bereit sind, aufzubrechen«, informierte er sie.

Sie zögerte, weil sie Peregrine unbedingt ein letztes Mal sehen wollte, obwohl sie wusste, dass es eine schreckliche Idee war.

»Sabrina!« Peregrine erschien am oberen Ende der Treppe, als ob ihre Gedanken ihn herbeigerufen hätten.

Rafe warf ihm einen bösen Blick zu, bevor er sich an Sabrina wandte. »Isla und ich warten draußen.« Er nahm Isla auf den Arm und neckte sie, bis sie kicherte, als sie das Haus verließen.

Peregrine eilte die Treppe herunter und nahm ihre Hände in die seinen. Sie hätte aus Gründen des Anstands einen Schritt zurücktreten sollen, aber sie waren allein, abgesehen von einem einzelnen Lakaien, der höflich wegschaute.

»Bitte, lassen Sie mich mit Ihnen sprechen.« Er führte sie in die Bibliothek, wo sie sich in Ruhe unterhalten konnten. Als sie allein waren, nahm er wieder ihre Hände in seine.

»Sabrina, würdest du ...« Er hielt den Atem an. »Würdest du mit mir in Ashbridge bleiben?«

Ihr Herz machte einen Sprung, und ihr war plötzlich schwindelig. »Bleiben?«

»Ja. Ich könnte problemlos einen Platz für dich einrichten. Du und Celeste, ihr würdet für den Rest eurer Tage ein Zuhause haben. Ich würde dich mit Juwelen, Kleidern und allem, was dein Herz begehrt, überschütten.«

Ihr Herz machte einen solchen Freudensprung, dass sie erschrak und einen Moment lang keine Luft mehr bekam. Alles, was sie tun konnte, war, das Gefühl der Erregung über das, was er sie gerade gefragt hatte, zu umarmen.

»Ja, ich werde dich heiraten«, antwortete sie schnell, zu sehr fürchtete sie, dass er es sich anders überlegen würde. Vielleicht hatte die andere Frau, die er heiraten sollte, ihre Meinung geändert? Oder hatte Peregrine seine Meinung geändert und ihre Verlobung aufgelöst?

Verwirrung leuchtete in seinen Augen auf, und in dem Moment, nachdem sie gesprochen hatte, wurde ihr klar, dass sie einen Fehler gemacht hatte. Er hatte ihr *nicht* die Ehe angeboten.

»Oh ... Sabrina, ich ...« Er räusperte sich. »Ich kann dich nicht heiraten.«

Ich kann dich nicht heiraten. Es gab keine größeren Worte des Schmerzes und der Trauer, die eine Frau von einem Mann hören konnte, den sie liebte. Ja, sie liebte ihn, und diese neue Erkenntnis war nur noch quälender, weil sie wusste, dass er sie nicht liebte. Er hatte immer noch vor, diese andere Frau zu heiraten, von der Perdita und Alexandra vor ein paar Tagen gesprochen hatten. Die Ungeheuerlichkeit dessen, was sie so kurz geglaubt hatte, als ihre Zukunft zu haben, und es dann zu verlieren - all das legte sich wie ein mächtiger Stein auf ihre Schultern und drückte sie nieder, bis sie das Gefühl hatte, keinen Moment länger stehen zu können.

»Sabrina«, flüsterte er und griff nach ihr.

Sie zog sich zurück, bevor er sie berühren konnte. »Nein, bitte. Sprechen Sie nicht. Wir haben beide gestern Abend Dinge gesagt, und dabei hätten wir es belassen sollen. Es war mein Fehler zu glauben, dass ich eine würdige Gräfin sein würde.« Bis vor einem Moment hatte sie nicht daran gedacht, dass sie ein solches Leben haben könnte. Jetzt hatte sich gezeigt, wie dumm diese flüchtige Hoffnung gewesen war, von diesem Mann geliebt und umsorgt zu werden und ihn im Gegenzug zu lieben und zu umsorgen.

»Mr. Lennox wartet auf mich. Ich muss gehen.« Sie wollte zur Tür gehen, aber er bewegte sich schnell und nahm ihren Arm, aber er hielt sie nicht fest. Ihr Arm glitt durch seinen Griff, bis sie nur noch die kurze Berührung ihrer Finger spürte, bevor sie sich trennten. Sie floh aus der Bibliothek und eilte zur wartenden

Kutsche, stieg ein und setzte sich Rafe gegenüber. Sie spürte, wie ihr die Tränen kamen, und sie wischte sich krampfhaft die Wangen trocken.

»Ich habe ihn gewarnt, sich von Ihnen fernzuhalten«, sagte Rafe leise und warf einen Blick auf Isla, die aus dem Fenster starrte und sich scheinbar nicht für ihr Gespräch interessierte. »Ich *habe* ihm gesagt, dass er Sie nicht verführen soll.«

»Hat er nicht«, flüsterte sie.

Rafes Augen verengten sich. Er wollte nicht, dass sie Peregrine verteidigte.

»Hat er nicht. Wahrhaftig. Bitte seien Sie nicht böse auf ihn.«

»Nicht wütend sein? Er hat Ihnen eindeutig wehgetan. Natürlich bin ich wütend! Männer sollten Frauen nicht verletzen, weder durch Taten noch durch Worte.«

Sie versuchte zu lächeln. »Sie tun manchmal so schroff, aber Sie sind der wunderbarste Mann, den ich je gekannt habe, Rafe Lennox.«

Daraufhin kicherte Rafe finster. »Wunderbar? Ich bin alles andere als das. Aber das ist eine Diskussion für einen anderen Tag. Jetzt sagen Sie mir, was er Ihnen angetan hat.«

»Er hat nichts getan«, betonte sie.

»Sabrina, ich habe Sie für Isla eingestellt, weil ich spürte, dass Sie ehrlich und vertrauenswürdig sind. Bitte enttäuschen Sie mich nicht.«

Sabrina blinzelte einen neuen Satz Tränen weg. »Ich fürchte, Sie werden mich aus Ihrem Dienst entlassen.« Isla entfernte sich von Rafe und setzte sich neben Sabrina auf die andere Bank. Sie drückte sich an Sabrina und versuchte, sie zu trösten.

»Bitte weine nicht, Brina«, sagte Isla mit wehmütiger kleiner Stimme. *Brina* war der Spitzname, den das Kind ihr gegeben hatte, und irgendwie trieb das nur noch mehr Wasser in ihre Augen. Sie legte einen Arm um Islas Schultern und drückte sie an sich.

Rafes strenger Blick wurde weicher, als er sie beobachtete. »Ich bezweifle sehr, dass es irgendetwas gibt, was Sie tun könnten, das mich dazu bringen würde, Ihre Anstellung zu beenden, aber ich schwöre bei meiner Ehre - von der mein Bruder glaubt, dass ich sie habe -, dass ich Ihre Stellung als Islas Gouvernante nicht auflösen werde.«

Das Vertrauen, das sie vom ersten Moment an gespürt hatte, als sie Rafe kennenlernte, war nicht verschwunden. Sie wusste, dass er sie nicht verurteilen würde.

»Kurz bevor ich Sie in jenem Gasthaus getroffen habe, bin ich von zu Hause geflohen. Meinem Bruder war das Geld ausgegangen, und er und seine Frau schmiedeten den Plan, mich an einen Mann zu verkaufen, um alle seine Schulden zu tilgen. Aber dieser Mann war kein Gentleman. Er verlangte, dass ich untersucht werde, dass meine Tugendhaftigkeit bewiesen werden sollte, bevor er mich heiraten würde, und er machte mir klar, dass mein einziger Lebenszweck darin bestünde, ihm einen Erben zu schenken. Er kümmerte sich nicht im Geringsten um meine Gefühle. Natürlich musste ich mir etwas ausdenken, um dieses Schicksal zu vermeiden.«

Er runzelte die Stirn. »Natürlich«, stimmte Rafe zu.

»An jenem Abend hörte ich, wie sich meine Schwägerin darüber beklagte, dass sie nicht zum Ball von Lady Germain gehen konnte.« Sie sah auf ihre im Schoß gefalteten Hände hinunter. »Es war ein Maskenball, und so zog ich das Hofkleid meiner Mutter und eine alte Maske an. Ich ging zum Herrenhaus und tanzte mit dem wundervollsten Mann, bevor ich mit ihm in die Gärten schlich und ... na ja ...« Sie sprach nicht weiter. Isla beobachtete sie und Rafe aufmerksam und versuchte herauszufinden, was als Nächstes kam.

Rafes Augen weiteten sich vor plötzlichem Verständnis.

»Nein ... Das kann nicht sein. *Er* war der Mann, den Sie ausgesucht haben?«

Sie nickte. »Damals wusste ich das natürlich noch nicht. Er tanzte so wunderbar, und ich fühlte mich so wohl mit ihm. Als wir die Gärten betraten, fühlte ich mich so ruhig wie nie zuvor. Wir waren in jener Nacht unter den Sternen zusammen, und er war alles, was ich mir nie hätte wünschen dürfen, aber wir haben nie unsere Masken abgelegt oder unsere Namen geteilt.«

Im Wagen herrschte einen Moment lang Stille, und Sabrina konzentrierte sich auf das Klopfen der Räder, die über die Spurrillen der Straße fuhren. Rafe überlegte, was sie gesagt hatte, starrte aus dem Fenster und tippte sich auf die Oberlippe. Er drehte sich um und sah sie wieder an.

»Aber *woher* wussten Sie, dass er hier war?«

»Als er Celeste aus dem Schlamm rettete, dachte ich, er sei ein Landverwalter. Ich fühlte bei ihm die gleiche Leichtigkeit wie bei dem maskierten Mann.«

»Aber das waren doch sicher nur Ihre Gedanken, die sahen, was sie sehen wollten.«

»Stimmt, aber ich konnte das Gefühl nicht abschütteln. Ich wusste nicht, dass er der Mann mit der Maske ist, bis ...«

Rafe streckte seine Hand aus und hielt Isla mit beiden Händen die Ohren zu. »Bis?«, fragte er und drängte sie, weiterzusprechen. Isla versuchte, die Hände ihres Vaters wegzuschieben, gab dann aber auf und sah ihn stirnrunzelnd an.

Sabrina schloss für einen kurzen Moment die Augen und ließ die Erinnerung wieder aufleben.

»Bis ich ihn wieder geküsst habe. Es war sein Duft, Leder und Sandelholz, und etwas Einzigartiges, das nur er hat. Und es war die Art, wie er mich küsste. Ich wusste sofort, dass er der maskierte Mann vom Ball war.«

Rafe ließ seine Hände von Islas Ohren los. »Sie. *Sie* waren die Zauberin im silbernen Gewand. Mein Gott.«

»Das war ich.«

Er schenkte ihr ein reumütiges Lächeln. »Nachdem Sie gegangen waren, war Peregrine völlig niedergeschlagen. So hatte ich ihn noch nie gesehen. Er hat sich monatelang nach Ihnen gesehnt. Es bedurfte einiger Überzeugungsarbeit, damit er Sie gehen ließ, und ich fürchte, daran bin ich mitschuldig. Ich habe ihm gesagt, dass Sie nur ein Traum waren, dass niemand so süß sein kann, wie Sie zu sein schienen. Es ist schon komisch, wenn man sich irrt. Ich bin nicht daran gewöhnt. Ich glaube nicht, dass es mir gefällt.« Er schwieg einen langen Moment. »Und hier? Was ist diese Woche auf der Party zwischen Ihnen und ihm passiert?«

Sabrina strich mit den Fingern über den Stoff ihres Kleides. Ihre Kehle schnürte sich zu, und sie musste sich beherrschen, damit sie nicht wieder zu weinen begann.

»Wir haben uns so schnell gefunden, und als ich wusste, dass er es ist ... Ich konnte nicht anders. Ich wollte wieder mit ihm zusammen sein, auf jede erdenkliche Weise. Ich wusste, dass es nicht von Dauer sein konnte, aber ein paar Tage lang konnte ich so tun, als ob. Ich habe nur das kurze Glück festgehalten, das ich hatte, bevor ich ihn gehen ließ.«

»Ich verstehe«, erwiderte Rafe mit weicher und sanfter Stimme. Sie hatte Empörung und Verurteilung erwartet, aber sie musste sich daran erinnern, dass Rafe nicht wie andere Männer war.

»Als er heute Morgen mit mir sprach, sagte er, er wolle, dass ich mit ihm nach Ashbridge komme. Ich dachte ...« Sie verschluckte sich am Rest ihrer Worte.

»Sie glaubten, er wolle Ihnen einen Heiratsantrag machen«, beendete Rafe.

Sabrina nickte. »Es war dumm von mir, das zu denken. Er weiß nicht einmal, dass er mich schon einmal getroffen hat. Ich habe es ihm nicht gesagt. Ich wollte nicht, dass er weniger von mir hält, weil ich eine Frau bin, die ...«

»Die in die Verzweiflung getrieben wurde?«, beendete Rafe den Satz. »Sabrina, er würde Sie genauso wenig verurteilen wie ich. Und diejenigen, die es tun würden, sind Heuchler.«

Ein Fünkchen Hoffnung blühte in ihrer Brust auf, aber wie Frühlingsblumen, die durch den strengen Frost verblühen, verwelkte ihre Hoffnung, als sie sich daran erinnerte, was er ihr angeboten hatte, und das war nicht die Rolle der Ehefrau gewesen.

»Nun, es spielt keine Rolle mehr. Er möchte mich nur als Geliebte haben.« Sie fühlte sich in diesem Moment so müde. Am liebsten hätte sie sich zusammengerollt und den Kummer weggeschlafen.

Ein Muskel in Rafes Kiefer zuckte, und er ballte die Fäuste, die auf seinen Oberschenkeln ruhten. »Sie werden nie wieder verzweifelt sein, Sabrina. Ich gelobe es. Sie werden immer einen Platz bei Isla und mir haben.«

Sabrinas Herz flatterte bei Rafes Aussage. »Danke, aber eines Tages, wenn sie erwachsen und verheiratet ist, wird sie mich nicht mehr brauchen.«

»Erwachsen und verheiratet? Nein, ich werde nicht zulassen, dass mein kleiner Liebling jemals erwachsen wird, und ich werde ganz sicher nicht zulassen, dass sie heiratet.« Rafe warf seinem Kind einen unendlich zärtlichen Blick zu und drehte sich wieder zu Sabrina um. »Wir beide werden uns also um sie kümmern. Schluss mit dem Gerede, nicht gebraucht zu werden.«

Sabrina lehnte sich in der Kutsche zurück. Sie äußerte sich nicht weiter zu diesem Thema. Eines Tages würde er erkennen, dass sie Recht hatte und dass Isla keinen von ihnen brauchen würde. Wenn dieser ferne Tag käme, müsste sie einen neuen Weg im Leben finden.

Peregrine stand noch eine ganze Weile in der Bibliothek, nachdem Sabrina ihn verlassen hatte. Erst als Lawrence ihn fand, wurde er aus dem dunklen Sumpf seiner eigenen Gedanken gerissen.

»Rutland, ist alles in Ordnung?«, fragte der andere Mann.

»Äh ... ja ... Nein ... Mein Gott. Nein, ist es nicht.« Er ging zu einem Stuhl an einem der Lesetische hinüber und ließ sich darauf fallen.

Lawrence zog ein paar Bücher aus einem der Regale und holte eine Flasche Whisky aus dem Raum dahinter.

»Du hast eine Whiskyflasche hinter deinen Büchern?«, fragte Peregrine.

»Nur der beste Whisky. Wenn Charles in der Nähe ist, halte ich es für klug, meinen teuersten Schnaps hinter Büchern zu verstecken. Und obwohl Charles gern liest, würde er sich niemals für eines von denen da entscheiden.« Lawrence nickte zu den Büchern, die er aus dem Regal genommen hatte, und legte sie vor Peregrine auf den Tisch. Eine kleine Staubwolke wogte von den dicken Bänden auf, aber Peregrine konnte trotzdem die Buchrücken sehen. Es handelte sich um eine Sammlung von Volkszählungsaufzeichnungen aus der Gegend von vor fünfzig Jahren. Niemand würde solche Bücher bereitwillig aufschlagen. Lawrence holte zwei Gläser von einem Getränketablett, das auf einem anderen Lesetisch in der Nähe stand, und schenkte jedem von ihnen ein Glas ein.

»Nun ... Was ist denn los?«

»Ich habe einen Fehler gemacht. Ich habe jemandem wehgetan, der mir wichtig ist.«

Lawrence lehnte sich in seinem eigenen Stuhl zurück. »Inwiefern wehgetan?«

»Ich habe eine Vermutung geäußert, die ich nicht hätte aussprechen dürfen. Ich war gefühllos, weil ich die Gefühle dieser Person nicht beachtet habe. So etwas hätte ein Gentleman nicht getan.«

»Kannst du es vielleicht noch rückgängig machen? Oder dich entschuldigen?«

Peregrine schüttelte den Kopf. »Ich habe jemandem eine Stelle als meine Mätresse angeboten, nicht als meine Frau. So etwas lässt sich auch mit einer Entschuldigung auf den Knien nicht wiedergutmachen.« Er seufzte und schwenkte die braune Flüssigkeit in seinem Glas. Alles, woran er denken konnte, war der Schmerz, den er in Sabrinas Augen gesehen hatte, als er ihr die schlimmstmögliche Beleidigung hingeworfen hatte.

»Ah.« Lawrence nickte. »Ich kann mir vorstellen, dass das eine Abhilfe ziemlich schwierig macht. Aber ich muss dich das fragen: Ist eine Heirat denn gar keine Möglichkeit?«

»Eines Tages werde ich unbedingt einen Erben zeugen müssen, dann schon, aber ich kann mich nicht mit dem Gedanken anfreunden, zu heiraten, bevor diese Notwendigkeit nicht eingetreten ist.« Peregrine nahm einen langen Schluck Whisky und genoss das Brennen.

»Warum nicht?«, fragte Lawrence.

Peregrine erschauderte, als ihn die Erinnerungen an

das unglückliche Leben seiner Eltern überfielen. »Weil egal, wie eine Ehe anfängt, sie irgendwann schmerzhaft wird. Die Ehe ist Streit, sie ist Qual und Einsamkeit. Das Letzte, was ich tun möchte, ist, das einer Frau, die mir etwas bedeutet, aufzuzwingen.«

»Rutland, ich betrachte dich als einen Freund, also nimm bitte nicht übel, was ich jetzt sage. Du hast eine völlig falsche Vorstellung von der Natur der Ehe«, sagte Lawrence, während er sein Glas abstellte und sich nach vorne setzte. »Ich habe in meinem ganzen Leben noch nie einen Menschen getroffen, der sich mehr geirrt hat, und ich habe drei Kontinente bereist.«

»Na ja, solange wir nicht beleidigend werden«, sagte Peregrine mit einem halben Grinsen.

»Das Problem ist, dass man das Schlimmste von etwas betrachtet und es als Ganzes sieht«, sagte Lawrence. »Wenn zwei Menschen einander etwas bedeuten, ist die Ehe nichts dergleichen. Ja, es gibt Momente des Schmerzes und der Meinungsverschiedenheiten, aber in Freundschaften und Familien ist das nicht anders. Die Liebe ist der Überwinder der Einsamkeit. Sie heilt Schmerzen. Du und deine Frau sind gemeinsam auf dieser Welt und kämpfen als ein Herz und eine Seele.«

»Offensichtlich hast du meine Eltern nie kennengelernt.«

»Ja, wer allein aus geschäftlichen Gründen oder aus

Lust heiratet, kann in die Falle gehen - aber beachten Sie das Wort *allein*. Diejenigen, die aus Liebe heiraten oder auf einer Freundschaft aufbauen? Sie haben es selbst in der Hand, glücklich zu werden.«

Lawrence stand auf und legte Peregrine eine Hand auf die Schulter.

»Lass das nicht außer Acht. Vertrau darauf. Vertrau auf dich selbst.«

❦ 13 ❦

Zwei Monate später

SABRINA STARRTE AUF DIE REINWEIßEN LAKEN IHRES Bettes und knabberte mit wachsendem Grauen an ihrer Unterlippe. Ein zweiter voller Monat war vergangen, und sie hatte noch nicht geblutet. Ihr Zyklus war immer recht vorhersehbar gewesen, bis ...

Oh Lord ... Das kann nicht sein.

»Miss Talleyrand?« Nelly, eines der Dienstmädchen, betrat das Zimmer. »Sie sind ja so weiß wie ein Laken. Was ist denn passiert?«

Sie warf einen Blick auf das Bett und dann auf das Zimmermädchen. »Ich muss einen Arzt aufsuchen.

Jemand, der für seine Diskretion bekannt ist. Könnten Sie einen für mich finden?«

Nelly nickte. »Lassen Sie mich Mrs. Hutchins fragen. Sie wird jemanden kennen.«

Sabrina stand immer noch in ihrem Nachthemd am Fenster und blickte auf den Garten, als Nelly zurückkam. »Es gibt einen Arzt namens Dr. Givens. Ich habe seine Adresse für Sie aufgeschrieben.« Nelly reichte ihr einen Zettel.

»Danke.« Schließlich zwang sie sich, sich zu bewegen, und mit Nellies Hilfe zog sie sich ein einfaches blassblaues Tageskleid an. Dann ging sie die Treppe hinunter und klopfte an die Tür von Rafes Arbeitszimmer.

»Kommen Sie rein!«, rief er.

Sie warf einen Blick hinein und sah, wie er in den Papieren auf seinem Schreibtisch wühlte.

»Ich hatte gehofft, dass ich heute Morgen etwas Zeit für einen Arztbesuch bekommen könnte?«

»Oh?« Er gab seine Papiere auf. »Sind Sie krank?«

»Ich fühle mich ziemlich unwohl.«

»Auf jeden Fall. Gehen Sie sofort, wenn Sie möchten. Isla und ich werden in den Hyde Park gehen. Ich kann mich um sie kümmern, bis Sie wieder da sind.«

»Danke, Mr. Lennox.«

Sabrina holte ihr Täschchen und mietete eine Droschke, die sie zu Dr. Givens' Praxis brachte, ein rotes Backstein-Stadthaus in einem schönen Stadtteil von

London. Auf einer Messingplakette an der Eingangstür waren sein Name und sein medizinischer Titel eingraviert. Sie klopfte an und wartete, bis ein Butler die Tür öffnete und sie in einen Warteraum führte.

»Ihr Name, Ma'am?«

»Sabrina Talleyrand. Ich arbeite für Mr. Rafe Lennox. Seine Haushälterin, Mrs. Hutchins, gab mir Dr. Givens' Namen.« Sie beeilte sich mit der Erklärung und betete, dass der Butler nicht versuchen würde, sie aus dem Stadthaus zu scheuchen.

»Bitte warten Sie hier.« Der Butler verließ den Raum, und sie blickte sich um, ohne irgendetwas erkennen zu können. Ihre Sorgen verdoppelten sich, während die Uhr auf dem Kaminsims weiter tickte und das Einzige war, was in der Stille zu hören war. Was sollte sie tun, wenn sich ihre Befürchtungen bestätigten?

Der Butler kehrte zurück und bedeutete ihr, ihm zu folgen. »Hier entlang, Ma'am.«

Sie wurde in ein Untersuchungszimmer geführt, in dem der Arzt an einem Schreibtisch saß und Notizen machte. »Ah, Miss Talleyrand?« Er stand auf und schloss die Tür, um ihnen etwas Privatsphäre zu geben.

»Ja. Danke, dass Sie mich empfangen, Dr. Givens.«

»Natürlich. Mrs. Hutchins ist eine langjährige Freundin.« Der Arzt war ein schlanker Mann mittleren Alters mit grauen Strähnen an den Schläfen, die ihn ebenso schneidig wie vornehm aussehen ließen. Sabrina fragte sich, ob Mrs. Hutchins vielleicht mehr war als nur eine alte Freundin des Arztes.

»Wenn Sie sich für mich auf den Tisch legen würden, Miss Talleyrand.«

Sie tat es und konnte nichts dagegen tun, dass sie zitterte, weil sie sich an den Arzt erinnerte, den Mr. Booker mitgebracht hatte, um sie zu untersuchen. Dieser Mann hatte sie, obwohl er ihr irgendwie sympathisch war, dennoch intim berührt, und es war ihr damals genauso unangenehm gewesen wie heute.

»Nun, wo tut es Ihnen denn weh?«

»Ich glaube, dass ich schwanger sein könnte. Seit meiner letzten Blutung sind zwei Monate vergangen, und ich bin sonst nie zu spät.« Scham färbte ihre Wangen, denn sie erwartete fast, dass sich ein Loch im Boden auftun und sie verschlucken würde.

»Ja, ich verstehe. Lassen Sie mich Sie untersuchen.« Der Arzt berührte sanft ihren Unterleib. »Hatten Sie Übelkeit oder ein ungewöhnliches Völlegefühl nach Mahlzeiten, bei denen Sie nicht viel gegessen haben?«

»Ich habe mich vor ein paar Tagen etwas unwohl gefühlt und habe weniger gegessen, weil ich mich ziemlich satt gefühlt habe.«

»Ist Ihr Busen empfindlich?«, fragte der Arzt.

Sie nickte und versuchte, ihre Verlegenheit hinunterzuschlucken.

»Schmerzen im Rücken?«

»Ein wenig.« Sie war fassungslos, als sie plötzlich glauben sollte, dass all diese Anzeichen auf eine Schwangerschaft zurückzuführen sein könnten.

»Ich muss mir Sie jetzt ansehen. Ich entschuldige mich.« Er zog ihr sanft die Unterwäsche aus, und sie spreizte ihre Beine. Er schaute sie einen langen Moment an und half ihr dann, ihre Unterwäsche wieder anzuziehen. »Sie können sich jetzt aufsetzen.« Er wandte sich seinem Schreibtisch zu und machte sich einige Notizen, bevor er zu ihr zurückkehrte.

»Miss Talleyrand, ich glaube, Sie sind schwanger, aber es ist noch zu früh. Wissen Sie, wann Sie das letzte Mal eine Beziehung zu dem verantwortlichen Mann hatten?«

Sie nickte. »Vor zwei Monaten.«

»Dann werden Sie in sieben Monaten wahrscheinlich ein Kind gebären. Aber Sie müssen wachsam sein. Es besteht die Möglichkeit, dass Sie Blut entdecken. Es ist kein Grund zur Sorge, aber Sie sollten mich aufsuchen, wenn es länger als ein paar Tage anhält. Es besteht auch die Möglichkeit, dass Sie eine Fehlgeburt haben werden. Sie sind jung und haben breite Hüften, was Ihnen einen Vorteil gegenüber anderen Frauen verschafft, aber Sie sollten sofort einen Arzt aufsuchen, wenn Sie Schmerzen oder Krämpfe haben, die weit über das hinausgehen, was Sie normalerweise im Verlauf Ihres Zyklus erleben.«

Sabrina zappelte ein wenig, als ihr die Realität

bewusst wurde. Sie war schwanger. *Das Kind von Peregrine.*

»Es steht mir nicht zu, danach zu fragen, aber aus Sorge um eine Freundin von Mrs. Hutchins, muss ich Ihnen diese Frage stellen. Ist Ihnen der Vater bekannt? Wird er das Ehrenhafte tun?«

Einen Moment lang wusste Sabrina nicht, was sie sagen sollte, denn sie hatte wirklich nicht daran gedacht, es Peregrine zu sagen. »Ich glaube nicht, dass er das tun wird. Er steht weit über mir und hat mir nur ein Arrangement angeboten, das ich nicht mit gutem Gewissen annehmen kann.«

Dr. Givens' Gesicht wurde weich vor Mitleid. »Es gibt viele Stellen, die Frauen in Ihrer Lage aufnehmen, wenn Sie nirgendwo hingehen können.« Er kehrte zu seinem Schreibtisch zurück, schrieb ein paar Namen und Adressen auf und reichte ihr das Papier.

Sabrina schob den Zettel in ihr Täschchen. »Danke.«

»Sind Sie sicher, dass Sie gut nach Hause kommen werden? Wenn nicht, können Sie gerne so lange hier bleiben, wie es nötig ist.«

»Ich komme schon klar«, versicherte ihm Sabrina, auch wenn es sich anfühlte, als wäre es weit von der Wahrheit entfernt. Ihre Hände begannen zu zittern, als sie das Haus des Arztes verließ. Sie musste Rafe ihre Neuigkeiten mitteilen und damit rechnen, ihre Stellung zu verlieren. Es war richtig, das zu tun.

Sabrina schritt einige Minuten lang vor Rafes Arbeitszimmer umher, wobei ihre Pantöffelchen eine Spur in dem teuren Orientteppich hinterließen.

»Sabrina?« Rafes frustrierte Stimme dröhnte durch die Tür und hielt sie auf, als sie wieder einmal vorbeiging.

Sie ballte ihre Hände zu Fäusten. »Ja?«

»Bitte kommen Sie herein und setzen Sie sich. Sonst werden Sie noch ein Loch in den Teppich laufen.«

Widerstrebend betrat sie das Arbeitszimmer. Rafe lümmelte sich in seinem Stuhl, die gestiefelten Füße auf die Schreibtischkante gestützt. Er hatte einen Stapel Briefe in seinem Schoß. Er hob einen Brief auf, warf einen Blick auf den Namen des Absenders und warf ihn lässig über seine Schulter in den Kamin hinter sich, wo er zu brennen begann.

»War das wichtig?«, fragte Sabrina und starrte auf den Brief, den er verbrannt hatte, ohne ihn überhaupt zu öffnen.

»Was? Oh, nein, überhaupt nicht, nur ein Mann, den ich verachte. Ich lese nie etwas, was er mir schickt«, antwortete Rafe und nickte dann zu dem Stuhl gegenüber seinem Schreibtisch. Sabrina setzte sich auf die Kante, jeder Muskel in ihr war starr vor Angst.

»Sabrina, bitte reden Sie mit mir. Es ist vollkommen

klar, dass das, was heute beim Arzt passiert ist, Sie verstört hat.«

Sabrina starrte einen langen Moment auf ihre Füße, bevor sie ihren Blick zu ihm lenkte.

»Ich bin schwanger.«

Rafe hörte auf, die Briefe beiläufig wegzuwerfen, setzte sich aufrecht hin und legte den Stapel auf den Schreibtisch. Obwohl sie jetzt seine volle Aufmerksamkeit hatte, schien er nicht völlig überrascht zu sein. »Ich habe mir Sorgen gemacht, dass das Ihr Problem sein könnte. Ist es von Peregrine?«

Sie nickte.

»Wann haben Sie und er zuletzt ...?«

»Die Hausparty, aber das war nur einmal.«

»Manchmal braucht man nur ein einziges Mal«, murmelte Rafe. »Ich nehme an, Sie befürchten, dass ich Sie hinauswerfen werde?« Sie schluckte schwer, und in seinen Augen blitzte Wut auf. »Sie sind jetzt seit zehn Monaten bei mir beschäftigt. Ich hatte gehofft, Sie wüssten inzwischen, dass ich nicht wie andere Männer bin. Ich werfe Sie nicht raus. Ich glaube jedoch, dass es für Sie einfacher wäre, wenn Sie London verlassen. Es ist nicht gut, in der Stadt herumzulaufen, wenn sich Ihr Zustand bemerkbar macht. Wenn Sie in den nächsten Monaten wirklich eine gewisse Freiheit haben wollen, müssen wir Sie woanders hinbringen.«

»Wir?«

Rafe seufzte, und Sabrina wurde klar, dass sie wieder einmal davon ausgegangen war, dass sie sich dem, was als Nächstes kam, allein stellen musste. »Ich werde Sie das nicht alleine machen lassen. Wir können in den Norden nach Schottland fahren. Meine Schwester hat einen schottischen Mann geheiratet. Anständiger Kerl - für einen Schotten. Er hat ein verdammtes Schloss und alles. Sie würden sich über einen Besuch von uns freuen. Na ja, Sie und Isla jedenfalls. Mich wird er bestenfalls tolerieren. Was sagen Sie dazu?«

Sie war erleichtert, dass sie diese Möglichkeit hatte, aber es wäre ihr zweiter Plan, wenn ihr erster Plan scheitern würde. Sie hatte mit Zehra Russell hin und her geschrieben, seit sie zwei Monate zuvor die Cotswolds verlassen hatten, und sie war sicher, dass sie auf Zehra zählen konnte.

»Das ist ein wunderbares Angebot, aber ich dachte auch daran, Zehra zu schreiben und sie zu fragen, ob ich bei ihr bleiben darf. Sie war so nett zu mir.« Sie erzählte Rafe nicht, dass ein Teil von ihr - ein sehr starker Teil - verzweifelt in der Nähe von Peregrine und seinem Haus sein wollte, während sie darauf wartete, sein Kind zu bekommen. Vorausgesetzt, er wäre jetzt gerade dort.

»Werden Sie Peregrine von dem Kind erzählen?«, fragte Rafe.

»Ich weiß es nicht.«

Rafe schwieg einen Moment, bevor er vorsichtig seine Meinung sagte.

»Wenn ich es wäre, würde ich es mir von der Frau sagen lassen. Aber das ist nicht mein Kind. Es ist Ihres. Überlegen Sie es sich also und schreiben Sie an Zehra. Wir können sofort aufbrechen, wenn Sie von ihr hören.«

»Danke.« Sabrina stand auf. »Wahrlich. Sie sind mir ein besserer Freund gewesen, als mein Bruder es je war.«

Sein Gesicht errötete plötzlich. »Gut, dann gehen Sie jetzt und kümmern sich um Isla. Sie hat nach Ihnen gefragt, während Sie weg gewesen sind.«

Sabrina biss sich auf die Lippe, um ein erleichtertes Lächeln zu verbergen, und machte sich auf die Suche nach ihrer kleinen Schülerin.

❦ 14 ❦

Ein Monat später

Peregrine stand auf den obersten Stufen von Ashbridge Heath und beobachtete, wie die fernen Gewitterwolken auf ihn zurollten. Der grau-schwarze Schaum am Himmel war nur ein schwaches Echo im Vergleich zu den wilden Winden und dem heftigen Regen, die sein Herz zerrissen. Seit jenem Moment, als er Sabrina hatte gehen lassen, war er nicht mehr derselbe. Er würde *nie wieder* derselbe sein.

Er hatte einen schweren Fehler gemacht, und jetzt war es zu spät. Anstatt ihr sofort nachzulaufen, hatte er monatelang wie ein Narr auf seinem Landsitz Trübsal geblasen, weil er geglaubt hatte, dass er mit der Heirat richtig lag, aber jetzt erkannte er, dass ein Leben ohne Sabrina ein schlimmeres Schicksal war als alles, was ihm drohte, wenn sich die Ehe mit ihr als so unglücklich wie die seiner Eltern herausstellte. Er würde lieber ein Risiko mit Sabrina eingehen und beten, dass ihr Glück von Dauer sein würde, als einen weiteren Tag ohne sie in Qualen zu verbringen.

Als er schließlich vor zwei Wochen nach London gereist war, um sie zu suchen, hatte er erfahren, dass Sabrina, Rafe und Isla verschwunden waren. Ihr Butler hatte ihm höflich mitgeteilt, dass sie erst in einigen Monaten zurückkommen würden und er nicht darüber sprechen dürfe, wohin sie gegangen seien.

Mit gebrochenem Herzen war Peregrine nach Ashbridge zurückgekehrt und hatte sich in seine Arbeit vergraben. Zum Glück hat sein Verwalter, Mr. Chelton, ihm erlaubt, sich an der Schreibarbeit bezüglich der Schafzucht zu beteiligen. Doch selbst nach einem anstrengenden Arbeitstag sank Peregrine in seinem Bett zusammen und ließ seinen Blick zum Fenster hinaus in die Nacht schweifen, wo eine Decke aus flackernden Sternen in unerreichbarer Ferne hing.

Er war verflucht, genau wie seine Eltern es gewesen waren. Aber im Gegensatz zu ihnen hatte er es versäumt, die Liebe zu riskieren. Er hatte es versäumt, Sabrina zu beweisen, dass er der Gentleman war, den sie verdiente. Und nur dadurch, dass er sie verlor, hatte er sich selbst bewiesen, dass er wahnsinnig und hoffnungslos in sie verliebt war.

Er beobachtete, wie ein Reiter die Auffahrt zu seinem Haus heraufkam. Er befürchtete, dass angesichts des aufkommenden Sturms etwas nicht stimmte. Peregrine eilte die Treppe hinunter und erkannte bald, dass es Lawrence war.

»Rutland, ich bin froh, dass ich dich gefunden habe.« Lawrence glitt mit Leichtigkeit von seinem Pferd und schüttelte Peregrine die Hand.

»Ist alles in Ordnung?«, fragte er besorgt.

»Oh, ja. Es ist alles in bester Ordnung. Es ist nur so, dass wir heute Abend ein Fest veranstalten und unsere Haushälterin bemerkt hat, dass deine Einladung von der Rückseite ihres Schreibtisches gefallen ist. Sie hat das Schreiben erst heute Morgen wieder entdeckt.« Er zog eine Einladung hervor und reichte sie Peregrine. »Hier bin ich also, der Bote in letzter Minute, damit du nicht denkst, wir hätten dich vergessen. Es wäre eine angenehme Art, den Sturm zu vertreiben, wenn du Lust hast.«

Peregrine sah seinen Namen und seinen Titel auf dem knisternden, dicken Papier und kam sich wie ein verlorener Narr vor, als er daran dachte, dass der Brief an ihn und seine Frau hätte adressiert sein müssen ... Sabrina, die Gräfin von Rutland. Aber er hatte diese

Zukunft verloren, weil er geglaubt hatte, dass er dem düsteren ehelichen Schicksal seiner Eltern nicht entkommen könnte.

Vorsichtig und leise fügte Lawrence hinzu: »Wir würden uns freuen, dich heute Abend bei uns begrüßen zu dürfen, wenn du kommen möchtest. Wir haben dich die letzten Monate nicht mehr gesehen, seit ...«

Peregrine räusperte sich und verdrängte die Gedanken an Sabrina.

»Zehra erwartet ein Kind, daher wird dies die letzte Veranstaltung bei uns bis nach der Geburt sein.«

Peregrine lächelte und freute sich für seinen Freund. »Herzlichen Glückwunsch! Wann wird das Kind erwartet?«

Lawrence lächelte reumütig. »Erst in fünf oder sechs Monaten. Ich weiß, es ist übervorsichtig, aber es ist unser erstes Kind.«

»Nun, in diesem Fall würde ich es nicht verpassen wollen. Ich werde da sein.« Peregrine lächelte, aber obwohl er den Ball als Ablenkung genießen würde, wäre es nur eine sehr vorübergehende Ablenkung.

»Ausgezeichnet. Ich werde Zehra informieren, dass du kommst.« Lawrence bestieg sein Pferd, und das Tier tänzelte, begierig darauf, aufzubrechen. Lawrence brachte das Pferd dazu, stillzuhalten. »Oh, und Peregrine, bring eine Maske mit.«

»Warum eine Maske?«

Lawrence grinste, als er mit den Fersen in die Flanken seines Pferdes stieß. »Es ist ein Maskenball.« Er ritt den abfallenden Rasen hinunter und auf die Straße, die durch das Tal zu seinem Haus führte. Peregrine blickte noch einmal zu den Wolken hinauf, die immer noch in der Ferne grollten. Noch ein Maskenball ... Eine weitere Nacht, die er mit einem gebrochenen Herzen zu überstehen hatte.

»WEHE, WENN ES WÄHREND MEINES BALLS REGNET«, brummte Zehra. Sie spähte aus dem Fenster des Schlafzimmers, das sie Sabrina für die Dauer ihres Aufenthalts zugewiesen hatte. Es war ein richtiges Zimmer, diesmal nicht in der Nähe des Kinderzimmers, was Sabrina sowohl verlegen als auch glücklich machte, weil sie nun eine Freundin von Zehra war, so wie sie es sich gewünscht hatte, und nicht nur Islas Gouvernante.

Sabrina gluckste. »So sehr es auch jeder verdient, dass das Wetter nach seinen Launen bestimmt wird, was bei Ihnen der Fall ist, glaube ich leider nicht, dass die Sturmwolken Ihren Wünschen entsprechen werden. Sie scheinen fest entschlossen zu sein, einen Ozean über uns auszuschütten.« Sie setzte sich zu Zehra ans Fenster und zitterte, als der Spätsommersturm immer näher kam.

»Na ja, wenigstens kann es drinnen nicht regnen.«

Zehra wandte sich vom Fenster ab. »Komm, wir ziehen Sie an.«

»Ich sollte wirklich nicht auf den Ball kommen.« Sabrina berührte die schwache Wölbung ihres Bauches.

»Oh, ich bestehe darauf«, sagte Zehra. »Sie haben mich gebeten, Sie hier wohnen zu lassen, weil Sie die Schnitzeljagd gewonnen haben. Jetzt bitte ich Sie als Freundin um einen Gefallen, mir heute Abend Gesellschaft zu leisten.«

Seufzend holte Sabrina das alte silberne Hofkleid, das ihrer Mutter gehört hatte. Sie ließ den Stoff über ihre Arme und Schultern gleiten, und das Kleid saß fest an seinem Platz. Ein Schauer lief ihr über den Rücken. Das silberne, bestickte Mieder glitzerte, und die Hunderten von Perlen, die in den Stoff eingenäht waren, schienen das Licht anzuziehen und zu leuchten.

»Sie sehen strahlend aus. Wahrhaft ätherisch«, sagte Zehra, als Sabrina sich im Ganzkörperspiegel betrachtete. Es war erst das zweite Mal, dass sie das Kleid ihrer Mutter trug. Das erste Mal hatte es ihr eine Nacht voller Leidenschaft unter den Sternen geschenkt. Was könnte es ihr noch bescheren? Sicherlich gab es keine Magie mehr in den Fäden, nicht für sie.

»Hier.« Zehra legte die silber-goldene Maske in ihre Hände. Sabrina hatte sich weder von dem Kleid noch von der Maske trennen können, und sie hatte beides behalten, seit sie aus dem Haus ihres Bruders geflohen war. Sie kam sich dumm vor, aber ein Teil von ihr glaubte, dass das Kleid und die Maske die stärksten Erinnerungen an diese Nacht unter den Sternen enthielten. Selbst jetzt, als sie mit den Händen über das Kleid strich, konnte sie alles fühlen und hören, was sie in jener Nacht erlebt hatte ...

Peregrines neckisches Lachen, die Art und Weise, wie sie gemeinsam im Gleichschritt durch die Gärten gegangen waren, wie es sich angefühlt hatte, auf seinem Mantel im Gras zu liegen und sich ihm hinzugeben. Alles hatte sich in ihr Herz und ihren Verstand eingebrannt, jede Sekunde der beiden kostbaren Nächte, die sie miteinander verbracht hatten. Es würde nie genug für sie sein, aber sie musste es erhalten, und wenn das bedeutete, dass sie das Kleid und die Maske als Talisman für den Rest ihres Lebens mit sich herumtragen musste, dann würde sie das tun.

»Lassen Sie uns nach unten gehen.« Zehra holte ihre smaragdgrüne Maske vom Bett und befestigte sie vor ihrem Gesicht, bevor sie ihren Arm in Sabrinas Ellenbeuge schob.

Sie stiegen die Treppe hinunter und gesellten sich zu einer Schar eifriger Gäste, die alle in prächtige Kostüme gekleidet waren und Masken trugen. Lawrence stand an der Spitze der Menge, seine eigene Maske vor dem Gesicht, während er die Masse der plappernden Teilnehmer in Richtung Ballsaal dirigierte. Rafe stand neben ihm, seine Maske auf den Kopf geschoben, und beob-achtete das Geschehen mit einem amüsierten Gesichts-ausdruck.

»Ah, mein Schatz«, begrüßte Lawrence seine Frau.

»Sind alle angekommen?«, fragte Zehra.

»Fast. Wir sollten jetzt mit dem ersten Tanz begin-nen.« Lawrence gab Rafe einen Schubs und warf einen Blick auf Sabrina. Rafe streckte pflichtbewusst seinen Arm aus.

»Sabrina? Ein Tanz?«

»Ja, das wäre schön.« Sabrina ließ sich von Rafe in den Ballsaal führen. Als sie sich von Zehra und Lawrence entfernt hatten, beugte sie sich zu ihm und flüsterte: »Sie scheinen sich nicht zu freuen, mit mir zu tanzen. Ich entbinde Sie von Ihrer Verpflichtung, wenn Sie es für unangemessen halten.«

»Das ist es nicht«, sagte Rafe. »Ich bin unzufrieden mit Lawrence, aber das ist eine private Angelegenheit zwischen uns.«

»Ah, ich werde also nicht neugierig sein.« Sabrina war neugierig, aber sie wusste, dass es besser war, keine weiteren Fragen zu stellen.

Rafe entspannte sich, als sie sich zum Tanzen aufstellten, und ihm gelang sogar ein Lächeln. Sabrina vergnügte sich mehrere Tänze lang, bis sie schließlich einen Moment brauchte, um ihre Füße auszuruhen. Sie fand einen freien Platz in der Ecke, holte Luft, lehnte sich zurück und streckte mit einem kleinen Seufzer ihre Füße aus. Die Musiker spielten ein paar schwungvolle Quadrillen, die den ganzen Raum in Aufregung versetzten.

»Wie wäre es mit einem Walzer?«, rief jemand dem Orchester zu, als es sein letztes Lied beendet hatte.

Unfähig, es zu verhindern, ließ Sabrina ihre Gedanken und ihr Herz zu jener Nacht auf Lady Germains Ball zurückschweifen, als sie Peregrine zum ersten Mal in der Menge erblickt hatte. Er hatte so schneidig ausgesehen in seiner schwarzen Maske, fast wie ein verruchter Wegelagerer, und doch war er der wunderbarste Gentleman und Liebhaber.

Ihr Herz machte einen Sprung, und sie legte instinktiv eine Hand auf ihren Bauch. Würde ihr Kind nach ihm geraten oder nach ihr selbst? Auf jeden Fall glaubte sie, dass ihr Kind ein wunderbarer Tänzer und ein Meister des Rätselns sein würde. Ehe sie es sich versah, lächelte sie, doch das Lächeln verblasste, als ihr etwas auf der anderen Seite des Raumes auffiel. Ein Mann hinter einer schwarzen Maske beobachtete sie. Ihr Herz schlug wie wild gegen ihren Brustkorb. Sie musste sich etwas einbilden. *Er* konnte nicht hier sein. Zehra hätte es ihr gesagt, wenn er gekommen wäre. Sie stand auf, aber ihre Füße wollten sich nicht bewegen.

Er starrte sie weiter an, als der Walzer begann. Er war immer noch wie eine Statue, und sie fragte sich immer noch, ob dieser Moment ein Traum oder Realität war. Was sah er, wann immer er sie ansah? Für ihn könnte sie immer noch die geheimnisvolle Frau vom Maskenball sein und nicht Sabrina.

Ihr Herz bebte, immer noch verwundet. Sie trug das Kind dieses Mannes in sich, den Funken des Lebens, der zwischen ihnen entstanden war, und er wusste es nicht einmal. Sabrina war hin- und hergerissen, ob sie zu ihm rennen oder in einer Tränenpfütze auf den Boden sinken sollte.

Er kam auf sie zu, ohne sich darum zu kümmern, dass er den Weg vieler junger Paare beim Tanzen versperrte. Er blieb ein paar Meter von ihr entfernt stehen und streckte langsam seine Hand aus. Sie legte ihre Hand in seine, ohne einen Gedanken oder ein Wort zu verlieren. Sie wagte nicht zu sprechen, damit er ihre Stimme nicht erkannte.

Als sie zu tanzen begannen, zog er sie an sich und flüsterte ihr ins Ohr. »Ich hätte nie gedacht, dass ich dich wiederfinden würde, nicht nach jener Nacht.« Er führte sie mit einer solchen Anmut und Leichtigkeit, dass es schien, als tanzten sie in einem Wolkenschloss und nicht auf diesem sterblichen Boden.

»Die letzten Monate waren leer, bis ich dich gefunden habe. Wirst du mir endlich sagen, wer du bist?«, fragte Peregrine.

»Nein«, flüsterte sie, immer noch in der Angst, dass

ihre Stimme sie verraten könnte. Sie löste sich von ihm, weil sie die Wärme und den Komfort seiner Berührung nicht mehr ertragen konnte. Sie floh aus dem Ballsaal und stürmte auf die Terrasse hinaus. Der Regen prasselte auf sie nieder, aber sie blieb nicht stehen, obwohl das Wasser eiskalt auf ihre Haut drang und ihr Kleid durchnässte.

»Warte!« Der Ruf von Peregrine kam von hinter ihr, aber sie wagte nicht, ihn zu beachten. Eine Hand ergriff ihren Arm, und sie drehte sich zu ihm um.

»Bitte, ich darf dich nicht noch einmal verlieren«, sagte Peregrine.

Sabrina war froh, dass sie wegen seiner Maske die Hälfte seines Gesichts nicht sehen konnte. Wenn sie ihn ansah, würde sie schwach werden und sich in seine Arme werfen. Das war das Einzige, was sie nicht tun konnte, nicht, wenn sie stark bleiben und ohne ihn überleben wollte.

»Du kennst mich nicht«, sagte sie leise, und ihre Stimme wurde noch atemloser, um sie zu verbergen.

Er lächelte ein wenig, der Ausdruck war voller Sorge. »Tue ich das nicht?« Als sie nicht antwortete, fuhr er fort. »Ich habe ein letztes Rätsel für dich.«

Der Regen prasselte immer noch auf sie herab, aber Sabrina rührte sich nicht.

»Was ist eine leere Hülle, die einst von Leben erfüllt war, nun aber zerbrochen ist, und es gibt nur eine einzige Kraft auf der ganzen Welt, die ihre Risse flicken kann?«

Sie schluckte heftig, unfähig zu sprechen. Sie hatte dieses Rätsel noch nie gehört.

»Ich weiß es nicht.«

Peregrine nahm eine ihrer Hände in seine und ging langsam auf ein Knie. »Es ist ein Mann mit einem gebrochenen Herzen, der auf seinen Knien darum betet, dass die Frau, die er liebt, ihm eine zweite Chance gibt.«

»Eine zweite Chance?« Ihre Stimme war jetzt schwach.

»Ja. Ich hätte dich an jenem Abend auf dem Ball von Lady Germain fragen sollen, ob du mich heiraten willst. Ich hätte dich nie aus meinen Armen lassen dürfen.«

Sie ließ die Schultern hängen. Er wusste immer noch nicht, wer sie war. Sie war immer noch ein geheimnisvolles Wesen für ihn. Auf eine seltsame Weise war sie eifersüchtig auf sich selbst. Sein Griff um ihre Hand wurde etwas fester.

»Bitte«, flehte er.

»Du kennst mich nicht«, wiederholte sie.

»Du hast mich gebeten, mit dir unter den Sternen zu schlafen«, sagte er, und in seiner Stimme lag eine leise Verzweiflung. »Das ist die Frau, mit der ich den Rest meines Lebens verbringen möchte.«

»Diese Frau ist ein Traum und nichts weiter.« Sie löste ihre Hand von seiner und wandte sich ab.

»Sabrina ...«

Sie blieb stehen, drehte sich langsam um und zitterte, weil der Regen ihr Kleid schwer und kalt machte.

»Sabrina«, sagte er wieder, stand auf und reichte ihr die Hand. »Sei meine Frau. Sei das Licht in meiner Dunkelheit, die Freude in meinem Kummer. Sei meine Welt, meine Hoffnung, mein *Leben*.«

Sie konnte sich nicht bewegen, so sehr sie es auch wollte.

»Du hast es gewusst?« Ihre Stimme brach ein wenig.

»Ja«, sagte er.

»Wann?«

»Mein Herz wusste es an jenem Tag, als ich dich und dein Pferd aus dem Sumpf rettete, aber mein Kopf hat es erst heute Abend begriffen. Als wir getanzt haben, als ich dich in meinen Armen hielt, wusste ich es. Es war wie eine Heimkehr. Ich wusste, dass du die Frau vom Ball von Lady Germain sein musst, aber ich wusste auch, dass du meine liebste Sabrina bist. In diesem Moment wurde ich ganz.«

»Aber ich habe gehört, dass du verlobt bist ... dass du jemanden wie mich nicht heiraten kannst.«

»Was? Wo hast du das nur gehört?«

Sie erzählte von dem Gespräch zwischen Alexandra und Perdita, das sie mitgehört hatte.

»Über mich haben sie nicht gesprochen.« Sein Ton

war so ehrlich, dass sie nicht an ihm zweifelte. »Bitte, Sabrina, gib mir eine zweite Chance, dich mit allem zu lieben, was ich bin.«

Ihre Unterlippe zitterte, und sie wusste, dass sie keinen Moment länger durchhalten würde. Jetzt, da sie schwanger war, weinte sie bei allem.

»Bitte weine nicht - du bringst mich um.« Peregrine trat auf sie zu, und als wäre ihr Körper von dem Blitz, der über ihr zuckte, elektrisiert worden, stürzte sie nach vorn und warf sich in seine Arme.

Er schlang seine Arme um sie, eine Hand legte sich auf ihren Hinterkopf, während sie sich hin und her wiegten, bis all ihre Ängste verblassten, was sie nur noch mehr zum Weinen brachte.

Der Regen wurde zu Schneeregen, und die vom Boden aufsteigende Hitze bildete Nebelschwaden um sie herum.

Peregrine zog sich so weit zurück, dass er auf sie herabblicken konnte. »Lass mich dich wieder reinbringen. Ich kann nicht zulassen, dass du krank wirst.«

Sie kippte ihr Kinn zurück und sah zu ihm auf. »Willst du mich wirklich heiraten?«

»Ja. Es tut mir leid, dass ich am Tag deiner Abreise nicht die richtige Frage gestellt habe. Ich war ein riesiger Narr, dass ich nicht gesehen habe, was direkt vor mir lag. Ich schwöre, dass ich den Rest unseres Lebens damit verbringen werde, alles zu tun, was ich kann, um es wieder gut zu machen.«

»Das ist gut, denn bald sind wir zwei zu dritt. Und ich werde deine Hilfe brauchen.«

»Zu dritt?« Er starrte auf ihren Bauch hinunter. »Du meinst doch nicht etwa ...?«

Sie nickte und hoffte, dass er genauso aufgeregt und voller Freude sein würde wie sie bei dem Gedanken, dass ein Baby unterwegs war.

»Mein Gott, das ist wunderbar.« Er hob sie hoch und wirbelte sie im Regen herum, bis sie lachte.

»Ihr solltet lieber reinkommen, verdammt! Ihr werdet euch den Tod holen!«, rief jemand aus nächster Nähe.

Peregrine setzte Sabrina wieder ab, und sie sahen Rafe und Lawrence in der Tür stehen, die zurück zum Ballsaal führte. Peregrine verschränkte seine Finger mit denen von Sabrina, und sie eilten zurück über die regennasse Steinterrasse.

»Siehst du, ich habe dir gesagt, dass der Plan funktioniert.« Lawrence stupste Rafe an, als Sabrina und Peregrine eintraten.

»Welcher Plan?«, fragte Peregrine.

»Wir haben den ganzen Ball nur für euch beide veranstaltet. Wir dachten, wenn ihr beide euch noch einmal so treffen könntet wie beim ersten Mal, könnte wieder etwas Magisches passieren. Und es hat funktioniert, nicht wahr?« Lawrence grinste. »Ich nehme an, dass wir als Nächstes eine Hochzeit planen müssen?«

»Morgen, wenn ich es einzurichten schaffe«, versicherte ihm Peregrine.

Sabrina blickte zu Rafe, und ihr Herz sank. »Mr. Lennox, es tut mir sehr leid, aber ich fürchte, ich kann nicht länger Islas Gouvernante sein.«

Rafe lächelte traurig. »Ja, ich weiß. Als wir hierher kamen, wusste ich, dass ich Sie an ihn verlieren würde. Ich hätte nur nicht gedacht, dass es so wehtun würde.«

Er sprach mit einer solchen Aufrichtigkeit, dass Sabrina sich beeilte, ihn zu umarmen, und ihm ins Ohr flüsterte: »Sie haben mich gerettet, und Sie haben mir mein Leben zurückgegeben. Ich werde diese Schuld nie zurückzahlen können. Aber ich werde es versuchen.« Sie küsste Rafe auf die Wange und stellte sich dann wieder neben Peregrine, der ihr einen Arm um die Schultern legte.

»Danke, ihr beiden«, sagte Peregrine zu den beiden Männern. »Ein Mann kann sich glücklich schätzen, Freunde wie euch zu haben.«

»Gütiger Himmel!«, keuchte Zehra, als sie sie entdeckte. »Ihr müsst beide sofort ins Haus kommen.« Sie schob sich an ihrem Mann und Rafe vorbei, um Sabrina und Peregrine tiefer ins Haus zu ziehen. Einige der Gäste hatten ihren durchnässten Zustand bemerkt, und so drängte Zehra sie aus dem Ballsaal und hinauf in

Sabrinas Schlafgemach. Mägde und Lakaien wurden herbeigerufen, heißer Tee wurde zubereitet und eine große Wanne mit heißem Wasser gefüllt.

»Baden, umziehen und aufwärmen. Machen Sie sich heute Abend keine Sorgen um den Ball. Der hat seinen Zweck erfüllt.« Zehra zwinkerte Sabrina zu und schloss die Tür, um ihr und Peregrine die dringend benötigte Privatsphäre zu geben.

Peregrine nahm seine Maske ab und kam auf sie zu. Sie hielt still, als er die Bänder ihrer Maske löste und sie dann von ihrem Gesicht wegzog.

»Du bist jedes Mal schöner, wenn ich dich sehe.« Er ließ die Maske auf den Boden fallen. »Innerlich und äußerlich bist du die schönste Seele, die ich je gesehen habe.« Er strich mit den Fingerknöcheln über ihre Wange, und Sabrina schloss die Augen.

Sie lehnte sich gegen seine Liebkosung. »Träume ich?«

»Träumen?«

»Ja. Ich hatte so wundervolle Träume, so wundervolle Momente wie diesen, aber dann wache ich auf und du bist weg und nichts davon ist jemals real. Ich fürchte, wenn ich blinzle, wird es wieder passieren, dass du verschwindest.«

Das sanfte Lächeln, das er ihr zuwarf, löschte jeden Zweifel aus und ließ einen Funken Hoffnung in ihr aufkeimen.

»Wenn dies ein Traum ist, dann bin ich mit dir darin verloren, und keiner von uns wird je wieder aufwachen.«

Er beugte sich zu ihr herunter und küsste sie, und der Funke wurde zu einem wilden Inferno der Freude. Die Welt war voller Licht und Liebe, als der Blitz zum dritten Mal in Sabrina und Peregrine einschlug.

Vielen Dank für das Lesen von *Die Flucht vor dem Earl*! Blättern Sie um und lesen Sie das erste Kapitel des nächsten Buches der Liga der Schurken, *Verloren mit einem Schotten*!

VERLOREN MIT EINEM SCHOTTEN

S*eptember 1821*

Ruritania

Anna Zelensky war verloren. Dunkle Äste ragten in den Himmel und verdeckten die Mondsichel. Wurzeln ragten aus der schwarzen Erde und brachten sie zum Stolpern, als sie versuchte zu rennen. Sie konnte nicht sagen, wovor sie davonlief, aber sie wusste, dass sie sterben würde, wenn sie dem nicht entkam.

»*Hilfe*.« Ihre Stimme war nur noch ein raspelndes Flüstern. »Kann mir bitte jemand helfen?«

Es schien, als würde sie in ihren Träumen immer vor etwas weglaufen. Etwas war im Anmarsch. Was auch immer es war, es war nicht gut.

Die Schatten der Bäume wurden länger, und sie hörte das Atmen im dunklen Wald.

Sie begann wieder zu rennen, auf der Flucht vor dem, was jetzt in der Dunkelheit lauerte.

Sie kam unsanft zum Stillstand, als ihr Blick auf die alte Eiche fiel. Sie kannte den Baum, war in ihrer Kindheit oft daran vorbeigekommen. Es war eine Markierung für …

»Der verzauberte Brunnen«, hauchte sie erleichtert, als sie wusste, wo sie jetzt war. Sie bog ab und lief jetzt in die Richtung, von der sie wusste, dass die Eiche den ausgetretenen Pfad dort entlang markierte. Ihr Blick schweifte umher und suchte nach dem kreisförmigen Steinhaufen, denn sie wusste, dass sie ihn schon längst hätte sehen müssen, aber er blieb unerreichbar für sie. Ihre Lungen brannten, und ihre Füße waren von dem unebenen Weg aufgeschürft, aber sie zwang sich, den Brunnen zu erreichen. Die meisten Menschen mieden ihn, denn es hieß, er sei von rachsüchtigen Feen erschaffen worden und stecke voller dunkler Magie. Aber sie hatte den Zauberbrunnen nie gefürchtet. Man hatte ihr gesagt, dass Magie in ihrem Blut sei. Der Brunnen würde ihr helfen - das hatte er schon immer getan, zumindest im Land der Träume.

Mitten auf einer Lichtung wurde der graue Steinbrunnen vor ihren verzweifelten Augen sichtbar. Sie rannte auf den Rand zu, ihre Hände griffen nach den kühlen Felsen. Sie spähte über den Rand in das Wasser, das still und spiegelglatt war. Ihr Gesicht spiegelte sich darin wider.

Die umliegenden Wälder bebten unter dem Heulen der Bestien, die nun nahe genug waren, um ihre Angst zu riechen. Sie wusste, dass sie nur wenige Augenblicke hatte, bevor sie angegriffen wurde.

»Hilfe, *bitte* ...«, flüsterte sie dem Wasser zu. Die Oberfläche kräuselte sich, und ihr Spiegelbild verschwand. Ein großer, dunkelhaariger Mann mit ernsten graublauen Augen blickte sie an. Er war wunderschön, sein Gesicht voller harter Kanten, seine Züge strahlten Stärke aus, während er sie durch das Wasser hindurch ansah. Ihr Unterleib bebte in einer fremden Sehnsucht, die sie nicht gekannt hatte, bevor sie diesen Mann zum ersten Mal im Wasser sah.

Langsam griff er durch das Wasser nach ihr. Seine Hand brach das magische Siegel zwischen seiner und ihrer Welt. Milchige Wassertropfen von der Mondsichel, die über ihm schien, tropften auf seine Hand und machten ihr klar, dass er wirklich nach ihr griff, dass sie ihn berühren konnte.

»Nimm meine Hand, Mädchen«, drängte der Mann mit tiefer, voller Stimme und schottischem Akzent. Sie war noch nie in Schottland gewesen, aber sie kannte es aus den Erzählungen ihrer Mutter. Es war ein wildes, fernes Land, das zu dem Mann im Wasser passte.

Das Heulen der Tiere in den Wäldern ließ sie vor

Schreck den Atem einziehen. Sie warf einen Blick auf den Wald und dann wieder auf den Mann im Wasser.

»Ich weiß nicht, wie ich gehen soll. Ich weiß nicht, wie.«

»Du musst mir vertrauen«, sagte der Mann. »Ich kann dich nicht beschützen, wenn du nicht bereit bist, meine Hand zu nehmen.«

Anna streckte ihre Hand aus, griff nach seiner und zog kräftig daran.

Mit einem kleinen Schrei wachte sie auf und brauchte einen Moment, um sich zu erinnern, wo sie war. Ihr seidenes Nachthemd war schweißnass, und sie saß in einem plüschigen Himmelbett. Ihr Herz klopfte immer noch heftig in ihrer Brust, aber ihr Gehirn holte auf und erkannte, *dass es nur ein Traum gewesen war. Es war nur ein Traum*. Sie war nicht im Wald; sie hatte geträumt. Anna lag in ihrem großen Himmelbett im Sommerpalast, der königlichen Residenz ihrer Familie. Sie war in Sicherheit. Keine Bestien jagten sie, keine Äste hatten sie eingefangen und ihre Kleidung zerrissen. Sie war nicht wirklich im Wald gewesen, es war nur ein Traum wie alle anderen auch. Sie hatte so viele Nächte von dem Gesicht des Mannes im Brunnen geträumt. Aber der Traum von heute Nacht fühlte sich ... *real an*. Als ob es wirklich passiert wäre.

Sie starrte auf die Glut im Kamin auf der anderen

Seite des Zimmers, während ihr Verstand endlich zu akzeptieren schien, dass sie in Sicherheit war.

»Mylady!«, Ihr Dienstmädchen, Pilar, eine dunkelhaarige Spanierin, erschien in der Tür, die ihre Zimmer miteinander verband. Pilar starrte sie besorgt an. Die Kerze, die sie in der Hand hielt, erleuchtete sie in der Dunkelheit.

Anna rieb sich mit den Handflächen das Gesicht und massierte sanft ihre Wangen. »Mir geht es gut, Pilar, wirklich. Es war nur ein schrecklicher Traum. Ich habe in letzter Zeit so viele Träume gehabt.«

Ihr Dienstmädchen kam zu ihrem Bett und stellte die Kerze auf dem Nachttisch ab, dann setzte sie sich neben sie, legte einen Arm um ihre Schultern und drückte sie sanft. Pilar war schon seit zehn Jahren ihr Dienstmädchen. Sie war in den Palast gekommen, als Anna erst zwölf Jahre alt gewesen war, und Pilar war damals ein sechzehnjähriges Mädchen gewesen. Pilar war für sie in vielerlei Hinsicht eher wie eine Schwester als ein Dienstmädchen, und sie vertraute der Frau all ihre Geheimnisse an. Neben ihren Eltern und ihrem Zwillingsbruder Alexei war Pilar eine der wenigen Personen, denen Anna am meisten vertraute.

»Es war dieser Traum, in dem ich im Wald bin und der Mann im verzauberten Brunnen versucht, mich zu retten.«

Pilar schwieg einen Moment. »Ihre Großmutter

hatte Zauberei im Blut. Vielleicht tun Sie das auch. Sie hatte die Gabe des Zweiten Gesichts, und die meisten ihrer Visionen erfüllten sich. Glauben Sie, dass das, was Sie gesehen haben, etwas ist, das passieren wird?«

Anna überlegte es sich. War sie wie ihre Großmutter? Man hatte ihr immer gesagt, dass sie es sei. Aber Visionen der Zukunft? Ein Mann konnte nicht einfach so durch das Wasser greifen und sie retten.

»Ich glaube nicht, dass die monströsen Biester im Wald und der Wunschbrunnen real sind, zumindest nicht so wie in meinem Traum«, gab sie zu. »Vielleicht ist meine Fantasie zu aktiv.«

»Wasser ist eine mächtige Sache, von der man träumen kann, Mylady. Vertrauen Sie dem Mann, den Sie im Wasser sehen können?«, fragte Pilar.

»Ich ... Das tue ich.« War es möglich, jemandem zu vertrauen, den sie noch nie getroffen hatte und der wahrscheinlich nicht einmal real war? Sie hatte ihn so oft und so lange gesehen, dass sie nicht anders antworten konnte. Ihm zu vertrauen war wie ihr selbst zu vertrauen.

»Schlafen Sie weiter, Mylady. Die Morgendämmerung ist nur noch ein paar Stunden entfernt, und Sie müssen sich ausruhen.«

Das Dienstmädchen gab ihr einen Kuss auf die Stirn, und Anna legte sich zurück in ihr Bett und zog die Decken wieder über sich. Sie hatte in wenigen Stunden viele Hofpflichten zu erfüllen - das Leben einer Prinzessin war nie wirklich ihr eigenes.

Sie war gerade erst wieder eingeschlafen, als ein bitterer Geruch ihre Nase kitzelte. Sie bewegte sich unbehaglich, konnte sich aber dem Duft nicht entziehen. Sie öffnete die Augen und spähte in die Dunkelheit, um zu sehen, was den Geruch verursachte. Das ferne Licht einer roten Morgendämmerung beleuchtete den Rand ihres Fensters. Das Licht flackerte und schwankte und tanzte mit den Schatten in seiner Nähe. Das war nicht richtig ... Es gab keine Bäume vor ihrem Fenster, die das Licht in Bewegung setzten, wenn sich ein Windhauch regte.

Sie atmete tiefer ein, und der bittere Duft wurde zu einem beißenden Geruch, den sie mit Schrecken erkannte.

Rauch ...

Das Licht auf der Fensterbank war nicht das frühe Licht der Morgendämmerung, sondern die wütende Glut eines Feuers. Sie warf ihre Decken weg und schob ihre Füße in die Wanderschuhe, die sie am Fußende ihres Bettes aufbewahrte.

»Pilar!«, rief sie und rannte los, um ein Kleid zu finden, in das sie schnell hineinschlüpfen konnte. Ihr Dienstmädchen stürmte ins Zimmer, noch im Nachthemd, und schnupperte die Luft.

»Es brennt!«, keuchte Pilar. »Oh Gott ...«

»Ich weiß. Schnell anziehen! Wir müssen gehen!« Anna zog ein dunkelgrünes Kleid an, das vorne geschnürt war, aber ihre Hände zitterten so stark, dass sie nur hastig die Bänder verknotete.

Sie musste ihre Eltern und ihren Bruder finden, und dann musste sie den Dienern und dem Palastpersonal zur Flucht verhelfen. Als Pilar angezogen war, verließen sie schnell Annas Zimmer und gingen auf den Korridor. Rauch zog durch die gewölbten Decken des Palastes über ihnen.

»Bedecke deine Nase und deinen Mund. Versuch, den Rauch nicht einzuatmen«, ermahnte Anna ihr Dienstmädchen. Sie hoben ihre Schals um ihre Gesichter, während sie sich beim Laufen tief bückten, um dem Rauch, der sich über ihnen sammelte, auszuweichen.

Schreie und Rufe erfüllten den dunstigen Korridor. Das Krachen von Pistolen und das Abfeuern von Gewehren in der Ferne war unheimlich und erschreckend, als sie durch den Rauch in den Fluren widerhallten. Plötzlich tauchte eine Gestalt aus dem Schatten auf und stürzte auf sie zu, wobei Pilar zu Boden stürzte. Als Anna den Schrei ihres Dienstmädchens hörte, eilte sie hinzu und zog Pilar auf die Beine.

Einer der Lakaien des Palastes war in sie hineingelaufen. Er versuchte, sich an ihnen vorbeizudrängen, aber Anna hielt den Arm des Mannes fest. Er zitterte, und sie sah Blut auf seiner Brust.

»Was ist passiert?«, fragte sie. »Geht es Ihnen gut?«

Die Augen des Mannes weiteten sich vor Schreck, als er in ihr Gesicht blickte. »Es ist nicht mein Blut. Es ist das der Köchin. Sie haben die Köchin und die Küchenmädchen ermordet ...« Er schüttelte den Kopf, als wolle er sich von einem Albtraum befreien. »Die Männer sind für Sie gekommen, Prinzessin. Sie sind hinter Ihnen her. Sie müssen fliehen! *Laufen Sie!*« Dann drehte er sich um, als er das Geräusch von schweren Stiefeln hörte, die um eine entfernte Ecke des Korridors polterten. »Ich werde sie aufhalten.«

Er zog das Kurzschwert, das alle Lakaien bei sich trugen, wenn sie sich im Palast aufhielten. Es war nur eine Attrappe und kaum scharf genug, um Brot zu schneiden. Wenn er versuchte, jemanden damit zu bekämpfen, würde er getötet werden.

»Nein, komm mit uns.« Anna wollte nicht zulassen, dass sich der Mann demjenigen stellte, der hinter ihr her war. Wenn sie eine Klinge oder eine Pistole finden würde, könnte sie so gut kämpfen wie jeder Mann, und sie würde es auch tun, um ihr Volk zu retten.

»Jemand muss sie aufhalten. Nicht einmal Sie können sie bekämpfen. Es sind zu viele!«, sagte der Lakai. »Gehen Sie und überleben Sie, Prinzessin.«

Pilar packte sie am Arm und zog sie mit einem Ruck den Flur hinunter und um eine andere Ecke. Einen

Moment später hörten sie das Klirren von Stahl und die Schreie von kämpfenden Männern.

Die Gedanken an ihre Eltern und die gefährlichen Männer, die gekommen waren, um ihre Welt niederzubrennen, wurden beiseite geschoben, als sie Pilars ängstliches Wimmern hörte, während sie schnell von Schatten zu Schatten den Gang hinunterliefen. Sie würde herausfinden, was wirklich vor sich ging, sobald sie für Pilars Sicherheit sorgen konnte. Wenn ihre Eltern und Alexei nicht draußen auf sie warteten, würde sie einen Weg zurück ins Schloss finden, um sie zu suchen.

»Wir müssen Alexei finden«, flüsterte sie Pilar zu, als der Rauch und die Flammen sie zwangen, von dem Gang abzubiegen, der zu den Zimmern ihres Bruders führen würde. Ihr wurde flau im Magen, als die Dunkelheit vor ihnen durch die zerstörerische Kraft des Feuers knisterte. Ihr Körper bewegte sich von selbst, ihr Geist schrie nach Sicherheit, und die Hitze der Flammen versengte die Luft um sie herum. Pilar zog sie zurück.

»Die Gärten«, sagte Pilar. »Wir können seine Zimmer von den südlichen Gärten aus erreichen.«

Durch ihren neuen Plan ermutigt, eilte Anna mit ihrer Zofe zu der Tür, die zum südlichen Teil der königlichen Gärten führte.

Als sie in die kühle, klare Luft der Gärten traten, lichtete sich der Rauch. Sie waren allein, zumindest im

Moment, aber eine Feuerwand trennte sie von Alexeis Räumen.

Anna starrte in die Flammen. »Wir müssen einen Weg finden, um an ihn heranzukommen.« Sie würde ihren Zwillingsbruder niemals zurücklassen. Sie waren untrennbar, zwei Hälften eines Ganzen ...

»Das können wir nicht, Mylady. Alexei hat seinen besten Freund William bei sich, einen der loyalen Palastwächter, der ihm als Leibwächter zugeteilt wurde. William wird über ihn wachen. Meine Pflicht ist es, mich um Sie zu kümmern. Wir müssen gehen. Mylady, bitte!«, flehte Pilar mit tränenüberströmtem Gesicht.

Nur die Angst ihrer Zofe brachte Anna dazu, einen Weg zu finden, um der Gefahr auf dem Schlossgelände zu entkommen.

Sie betete, dass William es schaffen würde, ihn sicher aus dem Palast zu bringen.

Irgendwo im Palast brachen weitere Kämpfe aus, und die Hörner Ruritanias ertönten, als die treuen Palastwachen gegen denjenigen kämpften, der den Kampf gegen die Krone begonnen hatte. Die Flammen sprangen über das Dach des Sommerpalastes, verzehrten das gesamte Holz und schwärzten den Stein. Anna starrte vom Garten aus auf das wachsende Inferno, ihr Körper war wie erstarrt, ihr Geist leer vor Trauer und Angst. Ihre ganze Welt *brannte*.

»Mylady!«, zischte Pilar und zerrte kräftig an Annas

Hand. Wieder einmal liefen sie zwischen den Hecken des luxuriösen Palastgeländes entlang. Plötzlich sprang eine Gestalt auf sie zu, und Pilar schrie auf. Anna nahm eine defensive Haltung ein, bereit, sich und ihr Dienstmädchen mit allen Mitteln zu schützen. Sie war im Umgang mit vielen Arten von Waffen ausgebildet worden, auch mit ihren eigenen Händen.

»Anna?«, krächzte eine vertraute Stimme heiser in der Dunkelheit.

»Alexei?« Sie rannte zu der verhüllten Gestalt und warf sich in seine Arme.

»Gott sei Dank seid ihr beide unverletzt.« Ihr Bruder hustete, weil er den Rauch eingeatmet hatte. Aber er hielt sie und umarmte sie so fest, dass sie fast keine Luft mehr bekam.

Sie lachte, fast wahnsinnig vor Panik und Erleichterung, aber ihr Zwilling lachte nicht. Sein Gesicht war hart und seine Augen waren voller Schmerz.

»Alexei ...«, begann sie unsicher.

»Du musst zum Hafen gehen. Geh an Bord der *Ruritanian Star*. Das Schiff wartet auf dich.«

»Ich? Was ist mit dir? Wo sind Mutter und Vater?«

»Sie sind *tot*, Anna«, röchelte er.

»Tot ... Was meinst du damit, *tot*?« Sie spürte, wie sich eine wilde Hysterie in ihr aufbaute, als sie versuchte, zu verarbeiten, was er sagte.

»Onkel Juri hat sie getötet. Er hätte mich fast umgebracht. Wenn William nicht gewesen wäre, wäre ich jetzt tot.« Das Gesicht ihres Bruders war verschmiert von Rauch und Tränen. »Er hat die halbe Armee gegen uns aufgebracht. Wir wussten nicht einmal, dass die *Teufel* schon innerhalb der Mauern waren, bis es zu spät war.« Er schob sie und Pilar in den Schatten der Gartenmauer am Rande des Palastes. »Jetzt geh. Lauft zu den Docks. Nimm das.« Er drückte ihr einen schweren Geldbeutel in die Hand.

»Kommst du nicht mit uns?«

Ihr Zwillingsbruder lächelte traurig. »Ich muss bleiben und die retten, die uns noch treu sind. Jetzt, wo Vater weg ist, bin ich König und muss bei unserem Volk bleiben. Juri wird sie in diesem Kampf nicht verschonen. Der *Star* wird euch nach London bringen. Sprich dort mit König George. Er muss Soldaten schicken, um uns zu helfen. Du musst das für mich tun ...«

Sie schüttelte den Kopf, weil sie ihn nicht verlassen wollte. »Nein. Alexei, ich kann nicht ...«

»Du kannst, Schwester. Du warst immer mutiger als ich, deshalb musst du gehen. Du hast das Herz einer Königin, und König George wird dir helfen wollen, wenn er hört, wie du von diesen Gräueltaten sprichst. Wenn es sicher ist, werde ich nach dir schicken. Bis dahin werden William und ich dafür kämpfen, unser Zuhause zurückzuerobern.«

Anna schlang ihre Arme um den Hals ihres Bruders.

»Halte dein Versprechen, Alexei. Ich kann nicht in einer Welt ohne dich leben.« Sie küsste ihn auf die Wange und ließ ihn los, auch wenn ihr das Herz brach.

Sie und Pilar rannten in den Wald am Rande des Schlossgeländes. Der Himmel war jetzt rot von höllischen Flammen, ein starker Kontrast zu den dunklen Wäldern zwischen ihr und dem entfernten Hafen. Sie blickte nur einmal zurück, in der Hoffnung, ihren Bruder zu sehen, der sie beobachtete, aber der Torbogen, der zu den Gärten und dem dahinter liegenden Palast führte, war bis auf den Feuerschein leer.

Der Traum, den sie in letzter Zeit so oft geträumt hatte, erwies sich in dieser Nacht als prophetisch, als sie und Pilar durch den dunklen Wald flohen. Das Heulen der Männer, die nach königlichem Blut lechzten, hallte um sie herum, und Anna und Pilar blieben nicht stehen.

Wir müssen das Wasser erreichen, dachte sie wieder und wieder. Das Wasser würde sie retten. Das Wasser würde sie wegtragen. Sie betete, dass ihr Bruder überleben würde. Sie hatte alles andere verloren. Sie konnte ihn nicht auch noch verlieren.

SEPTEMBER 1821
Schottland
Aiden Kincade schlug die Decke weg, als er sich

mühsam aufrichtete. Alte, schmerzhafte Erinnerungen an seinen tyrannischen Vater ließen ihn vor Angst und Wut erzittern. Er setzte sich auf, bedeckte sein Gesicht mit den Händen und stieß einen zittrigen Seufzer aus, bevor er die Hände fallen ließ und den Raum um sich herum ausdruckslos anstarrte.

Wie konnte ein Mann, der schon lange tot war, immer noch solche Angst in seinem Herzen auslösen? Aiden war siebenundzwanzig Jahre alt und längst über die Zeit hinaus, in der Albträume ihn erschrecken sollten. Aber es erschien ihm immer so real, wenn sein Vater in seinen Träumen erschien. Die Narben, die sein Vater Montgomery Kincade ihm zugefügt hatte, sowohl körperlich als auch seelisch, waren für ihn auf eine Weise allgegenwärtig, die seinen Geschwistern entgangen zu sein schien. Brock, Brodie und Rosalind waren ebenso wie er von ihrem gemeinsamen Vater misshandelt worden, aber seine Geschwister hatten alle mit ihrem Leben weitergemacht, während Aiden es nicht schaffte, den Schmerz abzuschütteln, der immer noch anhielt. Dadurch fühlte er sich noch mehr allein.

Seine Mutter hatte ihm einmal gesagt, er sei mit dem wilden Geist ihrer Vorfahren im Blut geboren worden, den alten Kriegerclans. Dieser wilde Geist hatte sowohl die Aufmerksamkeit als auch die Verachtung seines Vaters auf sich gezogen. Montgomery hatte der englischen Regierung vor Jahren heimlich geholfen, eine schottische Rebellion niederzuschlagen. Er verachtete die alten Lebensweisheiten mehr als die meisten anderen. Die Clans, die Lairds, die Kilts. Alles davon. Und so wurde Aiden zur Zielscheibe des Giftes seines Vaters.

Aiden kletterte aus dem Bett und wusch sich das Gesicht im Porzellanwaschbecken. Das schwache Morgenlicht war grau, und er konnte den Regen in der Brise riechen, die durch das halbgeöffnete Fenster seines Schlafzimmers hereinwehte. Er wusch sich das Gesicht, und das kalte Wasser half ihm, die anhaltende Düsternis seiner Träume zu vertreiben.

In der Ecke seines Zimmers hinter einem alten, gepolsterten Sessel regte sich etwas. Aiden schnalzte leise mit der Zunge, als ein Baummarder unter den Stuhlbeinen hervorlugte und sich fast katzenhaft streckte. Sein Fell war von einem satten, glänzenden Braun, das sich mit dem Holz der Bäume vermischte. Aiden hatte das kleine Tierchen gerettet, als es sich mit seiner Vorderpfote in der Schlinge eines Jägers verfangen hatte.

Es hatte ihn einen halben Tag gekostet, den Marder dazu zu bringen, ihm zu vertrauen, bevor er ihn aus der Schlinge befreien konnte, ohne dass das Tier ihn biss. Nachdem er es befreit hatte, hatte er es nach Hause getragen, um seine Wunden zu behandeln. Glücklicherweise war die Pfote von einer Infektion verschont geblieben, und der Marder konnte nach ein paar

Wochen in die Wildnis zurückkehren, aber wie viele der Kreaturen, denen Aiden begegnete und denen er half, schien der Marder vollkommen zufrieden zu sein, auf Schloss Kincade zu bleiben.

Neben dem Marder gab es auch einen weiblichen Dachs, Fiona, der gerne im Bett seines Bruders Brock schlief, was Aiden immer amüsierte, denn Brock war das schottische Wort für einen Dachs. Sie hatten auch ein Paar Flussotter im See, die manchmal zum Spielen in die Gartenbrunnen kamen. Es gab sogar einen kleinen Waldkauz.

Er hatte die Eule Honey genannt, weil ihr schwarzes, braunes und golden gesprenkeltes Gefieder Aiden an die Waben von Bienen erinnerte. Honey hatte sich in der Bibliothek des Schlosses ein Nest gebaut, und Aiden hatte in eines der nahe gelegenen Fenster einen Eingang aus Musselin gebaut, durch den die Eule auf einen Vorsprung an der Außenseite des Schlosses klettern und zur Jagd fliegen konnte, wenn sie es brauchte.

Aiden hatte das Glück, dass keiner seiner Brüder und deren Frauen das Kommen und Gehen der Kreaturen zu stören schien. Und noch mehr Glück war die Tatsache, dass die beiden neuen Bewohner von Castle Kincade es süß fanden, wie er sich um die kleinen Biester kümmerte. Seine Schwägerinnen Joanna und Lydia schienen sich an dem einen oder anderen Fuchs zu erfreuen, der sich an seinem Fenster sonnte, an den

Tauben, die sich im Flur niederließen, oder an den verschiedenen verletzten Tieren, die er zur Heilung nach Hause brachte. Er war sich nicht sicher, wie er so viel Glück gehabt hatte. Seine Brüder hatten Engländerinnen geheiratet, die mitfühlend und freundlich waren, vor allem, wenn man bedachte, dass seine Brüder die meiste Zeit ihres Lebens den Engländern im Großen und Ganzen nicht gerade zugeneigt gewesen waren.

Aiden amüsierte sich insgeheim darüber, dass seine beiden älteren Brüder in englische Familien eingeheiratet hatten, da sie beide sehr stolz auf ihr schottisches Blut waren.

Sogar ihre jüngere Schwester Rosalind hatte nicht nur einen, sondern *zwei* Engländer geheiratet. Vor Jahren hatte sie zunächst einen älteren Mann mit einem guten Herzen geheiratet, um ihrem Vater zu entkommen, und dann als wohlhabende Witwe in ihrem zweiten Mann, einem mächtigen englischen Baron, ihren wahren Partner gefunden.

Aidens Brüder hatten das Leben der Familien ihrer Frauen ziemlich gründlich durcheinandergewirbelt, während es Aiden gelungen war, dem zu entgehen. Er wollte sich nicht von allen anderen abgrenzen, das war einfach seine Art. Seine Mutter und seine Geschwister hatten das verstanden, aber nicht sein Vater.

Er fühlte sich am sichersten und am wohlsten, wenn er allein oder mit seinen Tieren zusammen war. Das

Misstrauen gegenüber anderen Menschen war ein Problem, das er ständig zu überwinden versuchte. Sein Vater hatte ihn am meisten verletzt, und seine Brüder waren nicht immer in der Lage gewesen, ihn zu beschützen, ebenso wenig wie seine verstorbene Mutter. Er hatte oft davon geträumt, nach England oder Wales oder vielleicht noch weiter weg zu gehen, aber er war in Schottland geblieben, weil es seine Heimat war, und er liebte seine Brüder und seine Schwester zu sehr, um sie zu verlassen.

Aiden kleidete sich in eine Wildlederhose und ein Hemd, wobei er sich nicht die Mühe machte, eine Weste darüberzuziehen. Er verließ sein Schlafgemach und ging den Flur hinunter, der Marder folgte ihm so treu wie ein Jagdhund. Er lief die große Treppe hinunter und blickte hinauf zu den restaurierten Gewölben des Schlosses. Vor einigen Monaten war das Schloss bei einem Brand, bei dem Brock und Joanna fast ums Leben gekommen waren, teilweise abgebrannt.

Trotz des hohen Arbeits- und Kostenaufwands, den die Reparaturen erforderten, war die Restaurierung des Schlosses für alle Beteiligten eine positive Erfahrung. Es fühlte sich jetzt wie ein neues Zuhause an, ein einladenderes, voller sonniger Erinnerungen statt schmerzhafter.

Der Marder schlängelte sich zwischen den glänzenden Holzspindeln der Treppe hindurch, bevor er sich zu einem anderen Nest davonmachte, das er im Schloss versteckt hatte. Geräusche von Gesprächen und Lachen hallten den Flur hinunter von dem, was Brock und Joanna gerade amüsierte. Niemand würde Aiden vermissen, wenn er für einen Nachmittag verschwinden würde. Das hatte noch nie jemand getan.

Er machte sich auf den Weg in die Küche, wo die Köchin ihm an den Tagen, an denen sie vermutete, dass er ausreiten würde, was in der Regel jeder zweite Tag war, eine Tüte mit Wurst, Käse und frischem Brot hinstellte. Er nahm die Papiertüte von der Arbeitsplatte, während die mollige Köchin ihm den Rücken zuwandte, und schlüpfte durch die nächstgelegene Tür in Richtung der Ställe. Er war sehr gut darin, sich ungesehen zu bewegen, wenn er das wollte, was angesichts seiner Größe eine beeindruckende Fähigkeit war.

Die Stallknechte begrüßten Aiden und traten höflich zurück, als er die einzelnen Pferde in ihren Verschlägen besuchte. Die Pferde stießen mit ihren Nasen an seine Hände, um Aufmerksamkeit zu erregen. Er gluckste und strich mit den Fingerspitzen über die Nasenrücken der Pferde und fütterte sie mit Zuckerstückchen. Als er sein eigenes Pferd, Thundir, erreichte, das auf Gälisch nach dem Sturm benannt war, in dem er geboren worden war, legte Aiden ihm ein Geschirr an, aber keinen Sattel auf den Rücken. Einen Sattel benutzte er nur ganz selten. Er legte eine leichte Decke auf den Rücken des Pferdes und stieg mithilfe eines kleinen Schemels in der Nähe auf. Er ritt Thundir aus den Ställen und in Richtung der entfernten Hügel. Dicke, sich auftürmende Wolken jagten sich am Himmel über ihnen und warfen schnell bewegte Schatten auf das goldgelbe Gras. Die Hügel waren mit rosafarbenem und violettem Heidekraut gefleckt.

Er beugte sich tief über den Hals des Tieres und flüsterte ihm ins Ohr: »Jage die Wolken.« Er hatte das seltsame Gefühl, dass er ausnahmsweise nicht vor etwas weglief, sondern auf etwas zuging. Was auch immer es war, er würde es finden. Sein Herz rief nach ihm, um es zu finden. Er spürte, dass er endlich den Frieden finden würde, nach dem er sich sein ganzes Leben lang gesehnt hatte, wenn er dieses Geheimnis fand.

ÜBER DEN AUTOR

Lauren Smith ist tagsüber eine amerikanische Anwältin. Bei Nacht schreibt die Autorin abenteuerliche Liebesgeschichten im Lichte ihrer Smartphone-Taschenlampe. Sie wusste, dass sie dazu bestimmt war, eine Romanautorin zu sein, als sie versuchte, den gesamten Titanic-Film neu zu schreiben, nur um Jack vor dem Ertrinken zu bewahren. Sich mit ihren Lesern zu verbinden, indem Sie emotional bewegende, realistische und sexy Romanzen schreibt – egal in welchem Zeitraum diese spielen – ist ihre Leidenschaft. Lauren hat mehrere Preise in verschiedenen Romantik-Subgenres gewonnen.

Um mit Lauren in Verbindung zu treten, besuchen Sie sie unter:
www.laurensmithbooks.com
lauren@laurensmithbooks.com

facebook.com/LaurenDianaSmith
twitter.com/LSmithAuthor
instagram.com/laurensmithbooks

www.ingramcontent.com/pod-product-compliance
Lightning Source LLC
Chambersburg PA
CBHW051145190726
48290CB00006B/2011